Über das Buch

Wunderbare Geschichten, bei denen uns auch ein kleiner Schauer über den Rücken laufen kann.

Das Leben fließt mit all seinen Veränderungen

Diese Alltagsminiaturen sind Momentaufnahmen einer Gedankenwelt, die wir zu kennen glauben, wenn wir genau in uns hineinhören.

Kleine Exkursionen in „Innere Welten" mit feinem Humor.

Tom Witkowski (Hrsg.)

Alltagsminiaturen
Band 1
Ralph Jacob

**Bibliografische Informationen
der Deutschen Nationalbibliothek:**

Die Deutsche Nationalbibliothek verzeichnet diese Publikation in der Deutschen Nationalbibliografie; detaillierte bibliografische Daten sind im Internet über dnb.de abrufbar.

1. Auflage Februar 2023

Herausgeber: Tom Witkowski
https://de.wikipedia.org/wiki/Tom_Witkowski

Texte © Ralph Jacob
Titelbild: © Michaela Halder
Gestaltung: Tom Witkowski

Herstellung und Verlag:
BoD — Books on Demand, Norderstedt

BAND 1
ISBN 9783734719127

Inhalt Band 1

ERLEUCHTUNG	7
JETZT KOMMT OMA	43
4 UHR 45	49
DAS WEIßE HEMD	57
AUSSCHEIDUNG	73
FRÄULEIN LOYSTENBRUGH	83
ANNEGRET	99
DIXI	123
EIN TOLLER HECHT	157

Erleuchtung

Umstehende sahen verwundert auf den Mann, der, ohne erkennbaren Grund, sich am Fuß der Treppe plötzlich auf die Knie niederließ und begann, den Boden abzutasten, Handbreit für Handbreit, wie auf der Suche nach dem Lichtschalter im nachtdunklen Zimmer. Die Drei am Aufzug verfolgten sein Tun, bis sich die Tür hinter ihnen schloss. Neben der Treppe hatte er Rucksack und Sturzhelm abgelegt. Stoßweise kamen die Mitarbeiter aus den Büros herab, in Grüppchen zumeist, manche einzeln, es war Mittagspause. „Was verloren", antwortete er im Hochblicken, wenn jemand fragte und machte mit der Hand eine entschuldigende Geste, weil er als Hindernis im Weg kniete und die scharweise Herabkommenden sich an ihm vorbei teilen mussten. Mitunter blieb einer stehen, bot an zu helfen. Dann hielt er inne und verneinte kopfschüttelnd.

„Danke, ich hab's gleich."

Bisweilen machte er auf der untersten Stufe Pause, schaute in der leeren Eingangshalle umher und setzte das Tasten am Boden fort, sobald er wieder eine Gruppe die Treppen herabkommen hörte. Er spürte am Vibrieren des Bodens den Aufzug näherkommen, die Fahrt verlangsamte sich, er hielt, dann schwang die Tür zurück, eine einzelne junge Frau, sein Alter vielleicht, verließ ihn. Aus den Augenwinkeln verfolgte er, wie sie sich näherte. Hinterher hätte sie nicht sagen können, warum sie auf den jungen Mann am Boden zugegangen war, denn der Weg zum Ausgang führte nicht an ihm vorbei. Jetzt stand sie neben ihm, trat aber sogleich einen Schritt zurück, sobald sie seinen verstohlenen Blick gewahrte, wie er an ihren Beinen hoch glitt, kurz verweilte an der Stelle, wo sie in dem gelben Rock verschwanden, dann weiter aufwärts, und schließlich suchten seine Augen ihre. Es war unbehaglich, als berührten und begutachteten Hände sie überall, und sie konnte sich dem nicht entziehen. Ihre Augen trafen sich, und sogleich verzog er sein Gesicht zu einem schelmischen Grinsen. Die wortlose Stille wurde ihr unangenehm, daher fragte sie:

„Suchen Sie was?"

„Kontaktlinse rausgefallen."

„Oh, hier auf dem Marmor, das wird schwierig sein."

Sie ließ sich auf die Fersen nieder und presste die Knie zusammen.

Vorüberkommende verfolgten belustigt das Tun der Beiden, wie sie mit den Handflächen vorsichtig den Boden abtasteten. Bisweilen fiel eine launige Bemerkung. Der junge Mann rutschte auf den Knien über die Fliesen, die Frau setzte nach Art der Gänse einen Fuß vor den anderen.

„Das ist aussichtslos hier auf dem gesprenkelten Untergrund", sagte sie nach wenigen Augenblicken und machte sich daran aufzustehen. Im selben Moment rief er „Hier!" Triumphierend balancierte er das winzige Stück Plastik auf der Spitze seines

Zeigefingers, und damit sie es auch wirklich sähe, hielt er es ihr unter die Nase.

„Sie haben mir Glück gebracht, Prinzessin."

Und wieder hatte sein Lächeln dieses Schalkhafte.

„Ich wär ganz schön aufgeschmissen gewesen. Ohne bin ich fast blind."

„Wie ein Nacktmull", setzte er im Aufstehen hinzu. Sein lautes Lachen erfüllte die Halle. Nacktmull kannte sie nicht, wollte auch nicht fragen, da ihr das Wort unanständig erschien. Warum sonst lachte er so? Sein ein-dringlicher Blick machte sie verlegen, wie er versuchte, seine Augen in ihren zu versenken, dann ging das Lachen in Lächeln über und an seinen Wangen entstanden Grübchen. Verschämt wendete sie sich ab.

„Ich trag auch Linsen", sagte sie, und es klang verwundert. „Mir ist noch nie eine rausgefallen, wie ist das passiert, ausgerechnet hier?"

Augenscheinlich hatte er die Frage nicht gehört.

„Danke fürs Mitsuchen, Prinzessin."

Während er sich nach Helm und Rucksack bückte, strich sie den Rock glatt, und wie selbstverständlich begleitete er sie zum Ausgang.

„Was ist mit der Linse?" fragte sie.

Er klopfte auf seine Hosentasche. Sie hatte wahrgenommen, wie er sie achtlos hineingesteckt hatte.

„Erst sauber machen."

Zufällig hatten sie denselben Weg.

Richtig wohl fühlte sie sich nicht in seiner Begleitung. Er wirkte auf sie etwas heruntergekommen, nein, vielleicht das nicht, aber ungepflegt, ein bisschen schlampig. Sie selbst und die Menschen aus ihrer Umgebung legten Wert auf eine ansprechende Erscheinung, schon ihr Beruf erforderte es. Aber er lachte so schön, und erst sein Lächeln! Das hatte es ihr an-getan, schon beim ersten Sehen. Auf den Wangen entstanden Grübchen und Fältchen seitlich der Augen. Und er sagte spaßige Sachen mit einer Stimme wie die des Tagesschausprechers, den sie verehrte.

„Hier gehe ich mittags meistens hin", sagte sie und blieb an der Tür des Thai stehen.

„Das trifft sich. Da wollte ich auch gerade rein, für thailändisch lasse ich jede Currywurst stehen."

Höflich hielt er die Tür auf.

„Nach Ihnen, Gnädigste."

Die Mittagspause war viel zu kurz, und über dem angeregten Plaudern wurde das Essen kalt. Wiederholt griff sie zur Serviette und fing die Lach-tränen ab, bevor sie die Wangen hinab liefen. Selten hatte sie jemand so witzig unterhalten. Was, wenn sie in der Abteilung anrief, eine Migräne vorgab und den Nachmittag mit ihrem neuen Bekannten verbrachte? Undenkbar!

„Kein Käffchen, Madame?"

Sie war bereits aufgestanden.

Am nächsten Mittag sah sie durch die Glastür des Restaurants seinen Rücken, die abgeschabte Lederjacke und neben ihm Rucksack und Sturzhelm, vor ihm ein Tässchen.

„Was für ein Zufall!"

Im Nu hatte er den Nebenstuhl freigeräumt, doch sie zog den Platz ihm gegenüber vor, so konnte sie sein Lächeln sehen.

„Ich hab Sie noch nie hier gesehen", sagte sie im Ton einer Frage.

„Harald, Prinzessin", sagte er und reichte ihr die Hand über den Tisch.

Sein Griff war schmerzhaft. Er ließ nicht los, sie spürte die rissige Haut und sah die bräunlichen Fingernägel. Schmutzig waren sie.

„Simone."

Sie zog die Hand zurück.

„Ich hab dich noch nie hier gesehen, Harald."

„Hab grad in der Gegend zu tun."

„Verstehe, und was machst du so?"

„General Purpose Manager."

„Nie gehört, das klingt wichtig, was ist das?"

„Ich mach dies und das, alles Mögliche."

Als hätten sie sich gerade erst gesetzt, war die halbe Stunde Mittagspause verflogen.

„Ich muss wieder. Hast du noch länger hier zu tun?" fragte sie im Aufstehen.

„Hängt davon ab."

Simone ließ sich die Enttäuschung nicht anmerken. Konnte er nicht ein-fach ja sagen, sie hatte darauf gehofft. Hängt davon ab.

Mit „Also dann, mach's gut" verließ sie das Lokal.

Am nächsten Mittag klopfte ihr Herz mit jedem Schritt schneller, bis sie um die Ecke bog und in das Innere des Restaurants sehen konnte. Da war er wieder! Sie hatte es sich so gewünscht. Auf demselben Platz, neben ihm Sturzhelm und Rucksack, die Lederjacke hatte sie sogleich erkannt. Auch tags darauf, dann wieder und alle folgenden Tage das gleiche Bild, wie er da saß, eine kleine Tasse vor sich und auf dem Nebenstuhl seine Aus-rüstung. Wieder sagte er „Prinzessin", so hatte sie niemand genannt. Alle bemerkten die Veränderung. Es war, als hätte Simones gleichförmiger Tagesablauf bunte Tupfen bekommen, Sie kleidete sich adrett wie eh und je, schminkte sich dezent wie immer, duftete Tag für Tag nach demselben Parfum und trug die gleiche Frisur, und doch strahlte sie etwas aus, das keiner benennen konnte, etwas Neues

„Simone ist irgendwie anders, habt ihr das auch bemerkt?"

„Das ist die Aura."

„Ich glaube, das hängt mit dem Typen zusammen, den sie jetzt jeden Mittag trifft."

„Wie heißt der nochmal?"

„Hat sie nicht gesagt, Heinz? Heißt der nicht Heinz oder so?"

„Kennt den Eine von euch?"

„Ich hab den das erste Mal da unten in der Halle gesehen, als er auf dem Boden rumgekrochen ist."

„Mir kommt der komisch vor, also ganz geheuer ist er mir nicht."

„Was du hast, ich finde, der tut ihr gut."

„Aber der passt doch überhaupt nicht zu ihr."

„Ich find ihn auch strange."

„Eklig, die Tätowierungen am Hals."

„Ja, Mensch, habt ihr den Löwenkopf am Arm gesehen?"

„Tattoos haben jetzt alle, guck doch die Fußballer an! Du hast doch auch so ein Arschgeweih."

„Das Goldkettchen am Handgelenk, wie der Bundeskanzler damals."

„Wie ein Zuhälter."

„Fehlt nur noch die Rolex."

„Und ein Kampfhund."

„Was für 'n Auto gehört eigentlich zu so einem?"

„Mein Nachbar hat mal gesagt, jeder, der ein größeres Auto fährt als er, ist ein Zuhälter."

„Simones Typ fährt Motorrad."

„Ihr habt abwegige Gedanken. Aber ungepflegt sieht er schon aus, oder?"

„Ich finde, der lacht schön."

„Aber die Haare sind ätzend!"

„Ob die so riechen, wie sie aussehen?"

„Und erst die Fingernägel!"

„Der hat was mit Simone gemacht, die hat so was Positives jetzt."

Alle nickten beifällig.

„Ihre Aura stimmt."

„Du mit deiner Aura!"

„Ich finde sie jetzt richtig charmant", fügte eine hinzu.

„Tolle Frau geworden, find ich auch", sagte der Kollege, der im Vorbeigehen einen Gesprächsfetzen mitbekam und jetzt im Türrahmen lehnte.

„Schleich dich, Ede, das ist nicht dein Thema."

Die der Tür am nächsten saß, warf sie zu.

Den Grund ihrer Veränderung sahen sie weiterhin täglich beim Mittagessen, und eines Abends erwartete er sie am Ausgang.

„Zwei Helme?" fragte Simone. Sie kannte die Antwort bereits und fürchtete sich vor ihr. Er hielt ihr einen hin.

„Heute fahr ich dich mit dem Moped nach Hause. Mal probieren, ob er passt."

„Nicht hier, ich will nicht, dass die das sehen. Meine Kolleginnen reden schon."

Der Helm hatte Kratzer, viele Kratzer. Nicht nur der Helm, alles an Harald sah gebraucht aus. Die Jacke war an manchen Stellen rau und ohne Farbe. Sonst trug er schwarze abgewetzte Schnürstiefel, heute abgerissene Turnschuhe, an den Spitzen waren sie fadenscheinig. Das karierte Holzfällerhemd mochte sie nicht. Simone deutete fragend auf ein Loch am Ärmel der Jacke.

„Die beschissene Nordschleife auf dem Nürburgring. Mit zweihundert hat's mich aus der Kurve gefetzt, Moped kaputt, sonst nix passiert."

„Aus deinen Schuhen gucken bald die großen Zehen raus."

„Sneakers sind das, geile Laufschuhe, die trag ich meistens. Einen Haufen Bimbes hab ich dafür gelöhnt. Ja, bisschen dünn das Gewebe. Aber solange sie halten."

„Bimbes?"

„Kennst du nicht? Kohle, Asche, Knete."

Simone erschrak, als er sie zu dem Ungetüm am Straßenrand zog und hoffte, es wäre nicht seins.

„Ich denke, du fährst Moped."

„So sagen wir unter Bikern."

„Ich hab Angst."

„Komm Prinzessin, stell dich nicht so an."

Die riesige schwarze Maschine machte ihr Herz klopfen, die Hände wurden feucht, und sie konnte sich nicht vorstellen da hochzuklettern.

„Ich hab noch nie auf einem Motorrad gesessen."

„Das erste Mal ist immer das erste Mal. Nullo Problemo, ich helf dir."

„Du fährst aber nicht schnell!"

„Keine Sorge, schön langsam."

Warum traute sie ihm nicht?

„Wieso hast du immer die Sonnenbrille oben auf dem Kopf, noch nie hab ich sie auf deiner Nase gesehen."

Simone wollte Zeit gewinnen, vielleicht gelang es ihr, die Herausforderung abzuwenden.

„Die ist ja ganz verschmiert von deinen Haaren. Da siehst du ja gar nichts mehr durch."

„Hör mal gut zu, Kleines, du hast an meinen Schuhen was auszusetzen und an meiner Kutte, jetzt noch die Brille. Was ich anzieh, wie ich ausseh, das geht keine Sau was an."

„Tut mir leid, ich wollte dich nicht kränken."

Wortlos klappte er die Brille zusammen und steckte sie vorn in sein Hemd. Sonst sagte er immer „Prinzessin", jetzt „Kleines", und wieso in diesem schroffen Ton? Hatte er Grund, die Stirn zu runzeln und mürrisch dreinzuschauen? Doch als wäre ein Gewitter dem Sonnenschein gewichen, setzte er sein gewinnendes Lächeln auf.

„Hast du schon mal einen Helm aufgehabt, Comtesse?"

Er strich ihr die Haare aus der Stirn, hielt mit einer Hand sanft ihren Kopf und stülpte behutsam den Sturzhelm darüber. Wie zart er sein konnte.

„Passt doch!"

Immer noch tat sie, als lehnte sie sich auf, doch innerlich hatte sie den Widerstand aufgegeben. Wie viele mochten schon vor ihr den Helm getragen haben? War das eingetrocknete Spucke, nach der er innen roch? Galant reichte er ihr die Hand, stellte ihren Fuß auf die Raste und stützte sie, als sie das andere Bein über die Sitzbank schwang. Anders ging es nicht, sie spreizte die Knie und rückte sich zurecht.

„Fürs erste Mal stellst du dich ganz geschickt an", sagte er lachend mit einem Blick auf das, was der hochgerutschte Rock preisgab. Dieses Lob war eine Lüge, das wusste sie. Zum Glück sah sie keiner unter dem Helm erröten. Wo sollte sie sich jetzt festhalten? Das Motorrad hatte nirgends einen Handgriff. Sie scheute die Berührung seines Körpers und krallte die Finger in das Leder seiner Jacke, nachdem er vor ihr saß und der Motor unter ihr orgelte.

„Hier gehören die Hände hin."

Harald löste ihren Griff und legte ihre Arme um seinen Bauch.

„Sonst fällst du runter."

Er zog das Gas auf, ließ die Kupplung kommen und das Vorderrad stieg hoch. Ihren Aufschrei hatte er erwartet und drehte sich lachend um.

„Gut festhalten!"

„Nicht so schnell", schrie sie, als er auf die Autobahn bog und der Fahrtwind an ihr zerrte. Aber wie sollte er das hören. Es half auch nicht, dass sie auf seinen Rücken schlug. Sie fror, das war die Angst, und als sie an ihm vorbei die Tachoanzeige auf 160, 170, immer höher klettern sah, schloss Simone die Augen und ergab sich. Sie war ihm ausgeliefert. Wenn sie stürzten, wenn sie auf ein Auto knallten, dann wäre es eben so. Sie wollte es nicht sehen, schmiegte sich dicht an ihn und presste den Kopf gegen seinen Rücken. So riss der Wind nicht mehr an ihr und sie überließ sich Haralds Nähe und Wärme, hörte das Rauschen des Windes, das Dröhnen des Motors, spürte die entfesselte Kraft der Maschine und die Angst schwand. Tief unten im Bauch ein unbekanntes wohliges Kribbeln, gewiss war es das Brummen des Motors. Enger noch schmiegte sie sich an ihn. Wie Harald das mächtige Motorrad beherrschte! Sie fühlte sich sicher.

„Na, Hose voll, Madame?" fragte er grinsend, als sie mit zittrigen Beinen abstieg. Warum diese Häme?

„Sprich nicht so! Du hast mir versichert, nicht so schnell zu fahren. Schön langsam, hast du gesagt."

„Du musst noch viel lernen."

Simone schwieg. Nein, nicht sie, er würde von ihr lernen. Sie würde ihm beibringen, sich zu benehmen. Dass er nicht beim Essen schmatzte, nicht rülpste. Oft fand sie sein Sprechen ordinär, das würde sie ihm abgewöhnen. Und ordentlich kleiden müsste er sich. Und dass er besser roch, auch dafür würde sie sorgen. Jawohl, wenn er selbst nicht auf sich hielt, würde sie es für ihn tun. Und er sollte nicht mehr rauchen.

„Pass auf, so macht man das."

Harald öffnete die blaue Flasche. Er hatte sie mitsamt ein paar Zitronen aus seiner Jackentasche gezogen und auf den Tisch vor Simones rotem Sofa gestellt. Simone besaß keine Schnapsgläser, also goss er den Tequila in zwei Eierbecher, halbierte eine Zitrone und streute Salz auf seine Hand, in die Kuhle zwischen Daumen und Zeigefinger, kippte den Schnaps in einem Schluck hinunter und biss in die Zitrone. Dann goss er sich nach.

„So, jetzt zusammen."

Sein Arm um ihre Schulter hielt sie fest; so konnte sie nicht flüchten. Seine raue Hand ergriff ihre und seine eklige Zunge beleckte die Kuhle zwischen Daumen und Zeigefinger. Angewidert empörte sie sich wortlos.

„So hält das Salz besser."

Er ließ den Tequila in den Becher gluckern.

„Erst ablecken, dann austrinken, dann die Zitrone."

Wiewohl sie wusste, dass er gleich aufbrausen würde, drehte sie den Kopf weg. Sie hasste das scharfe Zeug.

„Ich mach's dir nochmal vor, dann du."

Voller Verachtung ertrug sie das Beißen auf der Zunge und wenn es wie Feuer hinunter rann und Tränen in die Augen trieb.

„Schatz, wir müssen alles gemeinsam machen. Ich liebe dich unsäglich, das weißt du."

Warum hörte sich das so falsch an?

Und doch machte sie alles mit, ihm zuliebe, denn sie wollte an seine Liebe glauben. Ihm zuliebe ging sie mit, wenn er Poker spielte. Immer spielten sie um Geld, viel Geld. Simone staunte, welche Scheine Harald aus seiner Jacke zog. Wie die Karten heißen, wie das Setzen geht, die Strategie, dass man bluffen muss und selbst mit einem schlechten Blatt den Pot gewinnen kann. Und dann musste sie spielen.

„Bring ein paar Riesen mit", trug er ihr auf und meinte die grünen Geldscheine. Eines Abends sprang er wütend auf, warf die Karten hin und herrschte sie an:

„Gar nichts hast du kapiert! Geht das nicht in deinen Kopf, dass du mit einem Full House auf der Hand nicht aussteigst?"

Ihm zuliebe begleitete sie ihn alle Sonntage zum Billard. Sie mochte die Männer nicht, die im Hinterzimmer der Kneipe zusammenkamen. Die drei grünen Lampen über dem Billardtisch waren die einzige Beleuchtung, der übrige Raum blieb im Halbdunkel. Dichte Vorhänge hielten das Tageslicht draußen. Der düstere Raum, die einsilbig rauchenden Spieler; ihr war unbehaglich. Es roch nach vergossenem Bier und kaltem Rauch. Simone pflegte sich mit einem Glas Wasser auf die Eckbank zu setzen. Sie zog die Beine hoch und umschlang die Knie. So blieb sie, bis das Spiel vorüber war, von dem sie nichts verstand. Die Männer tranken Bier. Waren die Krüge leer, wurden sie rasch nachgefüllt. Eines Sonntags im Sommer trug sie das rote Kleid mit den kurzen Ärmeln und dem mutigen Ausschnitt. Harald legte ein paar Kugeln zurecht und hielt ihr den Billardstock hin. Simone fragte mit den Augen.

„Jetzt du."

„Ich?"

„Mach schon, nimm das Queue und spiel!"

„Das Queue?"

Ihre Arme umgriffen die Knie fester, sie tat unbeholfen und wusste doch von den vielen Sonntagen, dass er den Billardstock meinte.

„Ja, das Ding hier. Auf Deutsch heißt das, Schwanz."

Sie schüttelte den Kopf. Diesen Wutausbruch hatte sie nicht erwartet, als er sie ruppig am Handgelenk ergriff und unter Knurren hochzog. Er nannte sie zum ersten Mal Schlampe.

„Stoß die rote", sagte einer. Seinem rauen Lachen folgte ein Hustenanfall.

„Ja, stoß die Rote", bekräftigte ein Anderer.

„Mit dem Schwanz", kam es aus dem Halbdunkel. Sie johlten und stießen mit den Krügen an.

„Na, mach schon!" Und fügte ein sanftes Bitte hinzu.

Übergangslos war Harald ein Anderer, konnte seine Raserei in Zahmheit umschlagen. Sie misstraute ihm mehr und mehr.

Simone visierte eine rote Kugel an, ihr zaghafter Stoß glitt ab und riss einen Winkel in das grüne Tuch.

„Bist du eigentlich zu allem zu blöd!" fuhr er sie an.

„Stoß du die Rote, Hasse."

Hier hieß er nicht Harald, sie nannten ihn Hasse.

„Nimm den Schwanz und stoß die Rote!"

Wieder klirrten Krüge.

„Aber nicht so, dass dein Queue zerbricht!"

Hier konnte sie nicht mehr bleiben.

„Pass auf den Schwanz auf!" riefen sie hinterher, als die Beiden den stickigen Raum verließen, und Hohngelächter begleitete sie bis auf die Straße.

„Stoß die Rote, Alter!"

Sie würde davon träumen.

Wenn er Zigarettenpapierchen auf dem Tisch ausbreitete und glattstrich, wäre Simone am liebsten gegangen. Einmal hatte sie Ernst machen wollen, doch er war ihr zuvorgekommen, hatte die Tür verschlossen und sie zurück auf das Sofa gezogen. Wie getrocknete Petersilie sahen die grünen Krümel aus, die er auf das Zigarettenpapier streute, dann rollte er das Ganze zu einer winzigen Schultüte zusammen, fuhr mit der nassen Zunge über die Nähte, zündete an und lehnte sich zurück. Es schien, als würde er nach dem tiefen Zug gar nicht mehr ausatmen, bis er eine Wolke Rauch ausstieß.

„Hier, zieh auch!" sagte er beim ersten Mal und hielt ihr den Joint hin. Das Angebot war ein Befehl.

„Ich hab nie geraucht."

"Zieh!"

„Nein!"

Er hob die Hand mit dem Goldkettchen, ließ sie aber wieder sinken.

„Komm, stell dich nicht so an, ich liebe dich doch, und allein macht es keinen Spaß."

Die Spitze der Zigarette war klebrig von seinem Speichel.

„Na, nimm schon!"

Gehorsam tat sie einen kleinen Zug und hustete. Er lachte, wie er immer lachte, wenn sie verlegen war.

„Das ist am Anfang normal. Guck, wie ich das mach."

Er sog den Rauch tief in die Lunge und wartete lang mit dem Ausatmen.

„Den Hustenreiz musst du unterdrücken."

Sie hustete doch, die Augen tränten und sie weigerte sich. Mit seinen Kumpels verwendete er unbekannte Wörter und Ausdrücke.

„Was ist Milf?" fragte sie.

„Milch?" fragte er zurück.

„Milf. Gestern hat einer gesagt, der mit den weißen kurzen Haaren, der mit dem großen Nasenring, der hat gesagt „Geile Milf hast du." Oder hab ich mich verhört?"

„Du hast dich verhört", gab er barsch zurück.

„Was wollen wir hier?" fragte sie, als er das Motorrad vor einem Schaufenster mit bunten Fotos anhielt.

„Piercing, ich schenk dir eins."

„Ich will kein Piercing."

„Bauchnabel, sieht toll aus. Los, mach's für mich."

„Dreimal Nein."

„Dann weiter unten."

Simone starrte ihn entgeistert an und schüttelte energisch den Kopf.

„Dann eben Tattoo."

„Erst recht nicht."

„Steig auf, ich fahr dich nach Hause!"

Als Simone Harald kennenlernte, war alles neu. So etwas wie seine Welt kannte sie nicht, eine Welt, die sie abstieß und faszinierte. Er war zärtlich und grob, nannte sie Prinzessin und Schlampe, erwies sich als aufmerksam und rücksichtslos. Simone war ihm verfallen. Sie lernte Menschen kennen, die waren wie er, sich kleideten wie er, sprachen wie er, sich so bewegten und wie er über Späße lachten, die sie nicht verstand.

Sie hatte ihn ändern wollen. Wenn er doch nicht so ordinäre Ausdrücke verwendete. Wenn er doch nicht immer so aufbrauste, sich anständiger kleidete, besser benahm! Was hatte sie alles versucht, vergebens, und aufgegeben. Sie hatte Dinge von Harald gelernt, die sie nie lernen wollte.

„Leg deine Hand mal hierhin. Ja. So musst du das machen! Und jetzt reiben."

Wieder genierte sie sich und wieder lachte er.

„Du hast überhaupt keine Ahnung, oder? Und Erfahrung auch nicht."

Nein, wie denn bei den wenigen Malen bisher? Es war stets gleich abgelaufen. Sie schrieb es ihrer Unerfahrenheit zu, wenn es weh tat.

„Das lernst du noch."

Was sie alles noch lernen sollte. Neben ihm war sie unbedeutend, unbeholfen. Er ließ es sie spüren. Anfangs lachte er nur, spottete dann, bald kritisierte er sie und brauste öfter auf.

„Du stellst dich vielleicht ungeschickt an."

Er würde ihr noch viel beibringen müssen, eines Tages fände sie sogar Gefallen daran, tröstete sie sich immer wieder.

„Sag mal, bist du zu blöd dazu?"

Seinen absonderlichen Wünschen widersetzte sie sich zusehends.

„Morgen haben wir geiles Training."

„Wir gehen zum Training? Was für Training?"

„Hunde, das wird ne Sache."

„Du hast doch gar keinen Hund?"

„Ich noch nicht, aber die anderen."

Er brachte ihr eine Lederjacke mit, schwarz wie seine und ebenso verbraucht.

„So was zieh ich nicht an."

„Doch, das ziehst du an, so eine Kutte tragen wir hier alle."

Eine Handvoll Männer standen auf dem Feld beieinander, rauchten, stießen mit Bierflaschen an, alle waren tätowiert. Die Hunde rissen an dicken Leinen. Befehle erfüllten die Luft.

„Warum tragen die alle einen Maulkorb?"

„Der wird gleich abgemacht. Sind Kampfhunde. Der da ist der schärfste, Ca de bou, Mallorcadogge, oder der da, American Pitbull."

„Der ist ja hässlich. Das dahinten ist ein Rottweiler, oder?"

„Los, wir fangen an!"

Einer warf ein Hasenfell weit hinaus aufs Feld. Von der Leine gelassen stürmte die Meute hin, riss und balgte sich um die Beute. Einer der Hundebesitzer ging zum Auto.

„Ich hol die Katze."

Er kam zurück mit einer weißen Transportkiste, in der es tobte und maunzte. Sie ließen der Katze ausreichend Vorsprung, dann durften die Hunde hinterher.

„Und so was gefällt dir?" fragte Simone am Abend.

„Die Katze ist vom Tierheim."

„Wenn du auch so einen Hund anbringst, ist es aus. Wieso sagen die Typen Hasse zu dir? Das sagen die beim Billard auch."

„Wir haben alle unsere Spitznamen. Der eine heißt Bettler, der andere Schlauch, ich eben Hasse, kommt von Harald. Gorro ist unser Boss."

Simone wusste nicht, wo Harald wohnte und wie er wohnte, stets gingen sie zu ihr.

„Ich muss noch aufräumen, so kann ich dich nicht in meine Bude lassen", gab er vor.

„Es ist gerade nicht günstig", so ein andermal.

„Meine Heizung ist kaputt."

Immer fand er einen Grund, aber eines Tages würde er sie mitnehmen. Vorher wollte er noch anstreichen.

Stets wachte sie morgens allein auf. Das zerwühlte Bett bezeugte, dass es kein Traum war. In der ersten Zeit wartete er ihr Einschlafen ab und ging dann. Als er sich das erste Mal am frühen Abend von ihr rollte, „Ich muss los" sagte und sich anzog, weinte sie nicht zum ersten Mal, diesmal länger. Das Dröhnen sciner Maschine hallte noch lang zwischen den Häusern. Sein Sack schmutziger Wäsche lehnte in der Tür.

Zunächst hatte keiner auf der Arbeit die Veränderung wahrgenommen, unmerklich hatte sie begonnen. Glaubten sie anfangs, sie hätten sich getäuscht, wurde es bald Gewissheit. Dass er nicht mehr mittags im Restaurant auftauchte und sie abends nicht abholte, war schon seit Wochen so. Es wird wohl die Gewöhnung sein, nahmen sie an. Sie sahen sie wieder allein zur Haltestelle gehen und im Wartehäuschen den Fahrplan betrachten. Sonst war fast alles wie früher, sie war wie zuvor, stiller vielleicht, freundlich, doch freudlos. Sie kleidete sich nicht anders, frisierte sich nicht anders, trug dasselbe Parfum. Erschien pünktlich im Büro, ging mit den Kolleginnen in die Mittagspause, fuhr abends allein mit dem Bus nach Hause und war morgens wieder zur Stelle.

„Findet ihr nicht, sie ist härter als früher?"

„Hart nicht, aber taff ist sie geworden."

Die Kolleginnen tuschelten wieder.

„Sie lässt sich nichts mehr gefallen. Wie sie gestern dem Ede die Meinung gegeigt hat, das war riesig."

Am späten Nachmittag war die Jubiläumsfeier der Filiale im anderen Stadtteil vorüber. Inmitten einer Traube angeregt schwatzender Kolleginnen stieg Simone die breite Treppe hinab. Alle waren festlich gekleidet und fröhlich sektgelaunt. Simone trug das feurig grüne Kleid, das ihr gute Laune versprach, dazu Schuhe gleicher Farbe mit bleistiftdünnen langen Absätzen. Im großen Foyer hallte ihr Lachen wider. Plötzlich blieb sie stehen.

„Geht schon mal vor."

Am Fuß der Treppe hatte sie den schwarzen Rucksack entdeckt, auch den Sturzhelm daneben kannte sie zu gut. Die letzten Stufen nahm sie lang-sam, betont langsam und trat vorsichtig auf. Kein Geräusch sollte entstehen. Zwei Menschen auf Knien schienen etwas zu suchen. Mit flachen Händen tasteten sie die Marmorplatten am Boden ab. Kühl betrachtete Simone die gebeugten Rücken. Oft genug hatte sie in die schwarze Lederjacke ihr Gesicht geschmiegt. Verächtlich sah sie auf den Streifen Haut zwischen dem hochgerutschten Hemdchen und dem geblümten Rock. Das Arschgeweih wird dir gefallen, dachte sie. Die Beiden waren in die Suche vertieft und bemerkten nicht die Frau über Ihnen. Kühl blickte Simone auf sie herab, auch wenn ihr Herz klopfte. Ihre Miene verriet nichts. Die Therapie hatte ihr überraschende Einsichten eröffnet. Wir werden an Ihrer Selbstachtung arbeiten, hatte der Therapeut angekündigt. Die Arbeit mit dem Qi-Gong-Meister und der Kursus im Schmieden hatten es abgerundet.

Eines Tages hatte sie immer gedacht, eines Tages. Ohne zu wissen, was eines Tages sein würde. Jetzt war sie da, die Gelegenheit. Sie hatte darauf gewartet und wusste nicht, worauf. Simone ließ sich Zeit, dehnte den Augenblick, schöpfte ihn aus. Die Beiden hatten sie noch nicht wahrgenommen. Schließlich sagte sie mit ruhiger Stimme:

„Na, der alte Trick mit der Linse funktioniert noch, ja?"

Zwei erstaunte Gesichter blickten hoch.

„Echt geil."

Jedes, auch dieses verabscheute Wort, das sie von ihm gelernt hatte, genoss sie, feierte jeden

Buchstaben. Sie kostete die kurze Spanne aus. Viel hatte sie gelernt.

„Echt geil, diese Dinger. Das sind Kontaktlinsen, meine Liebe. Kontakt, verstehst du, Kontakt, dafür braucht er die. Vorher frisst er Kreide."

Die letzte Stufe noch, ein Schritt noch. Der glänzende Schuh schwebte wie ein grüner Dolch über der flachen Hand am Boden, verharrte, wieder genoss sie den Augenblick und weidete sich an seinen aufgerissenen Augen. Das schalkhafte Grinsen, womit er sie gewonnen hatte, verschwunden. Im nächsten Moment würde sie zustoßen. Die Spitze würde in den Handrücken dringen, ihn durchbohren, Knochen würden splittern, und Blut, Blut. Und Schmerz. Sein Schrei, die Fanfare ihres Triumphes. Ob er ihn schon spürte, den Schmerz, noch bevor er da war? Der ihn vernichten würde. Wie wird es sein, mit nur einer brauchbaren Hand? Das Queue, das er Schwanz genannt hatte, um sie zu beschämen, könnte er es noch halten, die Karten beim Poker? Gas geben, bremsen, Joint drehen? Genuss des Augenblicks, verweile doch, du bist so schön! Ach, ließe sich doch die Zeit anhalten! Dieser eine Wimpernschlag noch, dann wird dein Leben anders sein. So hatte sie es sich ausgemalt. Einmal ihn leiden sehen. Denken Sie nicht an Rache, hatte der Therapeut geraten, das bindet Ihre Energie. Sie brauchen keine Abrechnung für die Erniedrigungen. Nein, dass brauchte sie nicht, und doch tat ihr jetzt die Angst in seinen Augen gut. Wie hatte er sie gedemütigt, gepeinigt, hatte gemacht, dass seine Kumpels sie verlachten. Ein Lidschlag, und bevor er reagieren konnte, schoss der scharfe Absatz hinab. Der Mann musste den Hauch gespürt haben, als er neben seiner Hand auf den harten Boden aufschlug, neben der Hand, die sie oft gequält hatte. Er hatte sie nicht weggezogen. Simone war nicht niederträchtig. Sie hätte sich rächen können, das reichte ihr.

„Der Mann heißt Hasse, meine Liebe", sagte sie zu der erschrockenen Frau.

„Weißt du, Mut ist, wenn man Todesangst hat, sich aber trotzdem in den Sattel schwingt. Hat, glaube ich, John Wayne gesagt. Das hab ich erst lernen müssen."

„Wartet, ich komme", rief sie den Anderen hinterher. Gern hätte sie die Gesichter der Beiden gesehen. Aber sie drehte sich nicht um beim Weg zum Ausgang.

Jetzt kommt Oma

Wann ist es so weit?"

„In einer halben Stunde geht's los."

„Letztes Mal waren sie auch nicht pünktlich."

„Muss ich mich umziehen?"

„Quatsch, bleibt wie du bist, sieht doch eh keiner."

„Hast du an Sekt gedacht?"

„Steht im Kühlschrank."

„Und Gläser?"

„Auf dem Tisch. Du stehst genau davor."

„Mach du schon mal an."

„Längst passiert. Hab ich gemacht, als du auf dem Klo warst."

„Wo kommt es denn?"

„Keine Ahnung, ich denke, du weißt es."

„Ich doch nicht, ich kann mich nicht um alles kümmern."

„Hast du's nicht irgendwo aufgeschrieben?"

„Doch, am Schrank klebt der Zettel. Gestern hab ich dir's gesagt."

„Was hast du gesagt?"

„Dass am Schrank der Zettel hängt."

„Wo ist denn jetzt die Fernbedienung?"

„Das kommt nicht im Fernsehen."

„Die Fernbedienung brauchen wir trotzdem. Wo läuft es denn?"

„YouTube."

„Welcher Kanal?"

„Steht auch auf dem Zettel."

„Du nervst mich, glaubst du das? Nichts ist vorbereitet."

„Sei still, ich hab den Sekt gekauft. Ich such's schon, mach die Flasche auf."

„Zu fest, krieg ich nicht auf."

„Nimm den Nussknacker, damit geht's."

„Und was ist mit Chips?"

„Ich glaub, das passt nicht."

„Du willst doch immer Chips, wenn wir was gucken."

„Ich zieh doch das Kleid an, das rote geht, was meinst du?"

„Mach was du willst. Du kannst auch so bleiben."

„So, ohne was an? Das gehört sich nicht."

„Du hast doch was an."

„Aber nicht genug."

„Komm, setz dich, es geht gleich los."

„Sind viele da?"

„Ich seh vier."

„Es regnet ja auch."

„Bei Inge waren's nur zwei."

„Da hat's auch geregnet. Jetzt komm schon!"

„Ziehst du mir den Reißverschluss zu?"

„Ja, aber dann komm endlich, sonst verpassen wir's noch."

„Zehn Löcher, alle gleich."

„Die Urnen auch, auch alle grün."

„Ob die die auseinanderhalten können?"

„Pass auf, gleich kommt Oma, ich glaub, die dritte ist es. Jetzt, jetzt, das ist sie."

„Woran siehst du das?"

„Vorn klebt ein Schild dran, aber kaum zu sehen."

„Jetzt ist sie drin."

„Mann, ging das schnell, ich hab's kaum mitgekriegt."

„Los, anstoßen, steh auf!"

„Ciao, Oma, mach's gut."

„War ne schöne Beerdigung, findest du nicht?"

„Doch, eigentlich schon. Aber bisschen zu schnell."

„Ich hab auch nicht alles mitgekriegt."

„Und nicht mal Musik."

„Wie am Fließband."

„Aber toll, dass man nicht extra raus muss, dafür."

4 UHR 45

Hinterher wusste keiner, wie es angefangen hatte.

Frühmorgens, Hamburg – München. Das kleine Abteil war voll besetzt. Sechs Menschen, alle auf dem Weg in den Süden, sieben Stunden, keiner kannte die Anderen. Der am Fenster lehnte sich in die Ecke zwischen Vorhang und Sitz und schloss die Augen, tat, als schliefe er. Andere waren mit dem Smartphone beschäftigt. Einer las in der großformatigen Zeitung, und wenn er sie geräuschvoll umblätterte, traf ihn manch missbilligender Blick.

„Wir könnten ein Spiel machen", sagte plötzlich die junge Frau in die Stille. Die Anderen blickten erwartungsvoll hoch.

„Das ist wie Stadt-Land-Fluss, nur anders. Wir haben das zu Silvester gespielt, es war lustig."

Keiner zeigte Begeisterung. Aber um kein Spielverderber zu sein, lehnte niemand ab. Das Spiel würde die lange Fahrt verkürzen. Die Frau hatte es so fröhlich gesagt.

„Zu einem Buchstaben muss der peinlichste oder unangenehmste Vorname gefunden werden.

Also zu X beispielsweise Xanthippe. Und der Name mit den wenigsten Nennungen hat gewonnen."

„Wie Stadt-Land-Fluss", sagte der in der Ecke am Fenster, der getan hatte, als ob er schliefe. „Und warum der mit den wenigsten Nennungen?" fragte er. „Ich heiße Judith", sagte die junge Frau, „das ist auch wie bei Stadt-Land-Fluss. Wenn „H" kommt, schreiben alle Holland und nicht Haiti. Und die mit den wenigsten Nennungen, also den ausgefallensten wie Haiti, bekommen mehr Punkte. OK?" Sie blickte so aufmunternd in die Runde, dass niemand einen Einwand vorbringen wollte, schlug ein Buch auf, tippte mit dem Finger auf irgendeine Seite irgendwohin. „H", las sie vor und lachte hell auf, „ausgerechnet H".

Vier fanden Horst nicht schön, einer Hilmar, einer Herbert. Die Hilmar und Herbert genannt hatten, bekamen den Punkt.

„Na, ist doch ganz einfach", sagte die Frau, „weiter?"

Der Herbert gesagt hatte, stand auf.

„Entschuldigen Sie mich bitte."

Die Anderen zogen die Beine ein, als er sich zur Tür durchquetschte. Bevor er sie hinter sich zuschob, sagte er in den Raum:

„Ich heiße Horst." Und wandte sich im Gang dorthin, wo es zum Speise-wagen ging.

„Bis später."

„Machen wir weiter oder warten wir?" Judith guckte in die Runde.

„Warten."

Es dauerte, Horst kam nicht zurück. Der mit der Zeitung nahm sie wieder zur Hand, neben ihm war der Platz frei, so konnte er sie weiter ausbrei-ten, der in der Ecke am Fenster lehnte sich zurück und schloss die Augen. Die

Anderen senkten den Kopf zu ihrem Smartphone.

„Das dauert aber", unterbrach einer die Stille.

„Wird was essen gegangen sein."

„Ist da nicht noch jemand im Abteil", fragte der Kontrolleur.

„Vor einiger Zeit rausgegangen."

„Wo ist der sechste Fahrgast", fragte der Kontrolleur eine Stunde später.

„Noch nicht zurück."

„Hat vielleicht jemanden getroffen."

Der Zugbegleiter kam wieder.

„Wissen Sie, wie der Mann aussah?"

„Vielleicht fünfzig."

„Ich schätze ihn älter."

„Halbglatze, graue Haare, Bart."

„Glatze macht älter, ich denke, er ist so um die fünfzig."

„Bart hat er nicht."

„Doch, Schnurrbart, seitlich so hochgezogen. Und Koteletten."

„Ich hab keinen Bart gesehen."

„Graues Sakko."

„Nein, braun mit Karos, und Jeans. Ein Sakko wie damals das von Peter Frankenfeld."

„Brille?"

Schulterzucken.

„Vermutlich, in dem Alter."

„Er heißt Horst, hat er gesagt."

„Und wie weiter?"

Der Zug hielt in Nürnberg. Die konnten, guckten aus dem Fenster. Er war nicht ausgestiegen. Aber sie hätten auch nicht sagen können, dass sie ihn würden erkennen können. Würde schon zurückkommen.

„Ob ihm was passiert ist?"

„Kann ja nicht. Während der Fahrt gehen die Türen nicht auf."

„Die Fenster auch nicht."

„Auch nicht in der Toilette?"

„Nein."

„Mord im Orientexpress", sagte einer.

„Fehlt die Leiche."

Keiner lachte.

„Vielleicht doch ausgestiegen."

„Sein Koffer ist noch da."

Der Mann am Fenster stand auf.

„Kein Schild dran."

„Vielleicht steht innen die Adresse."

„Wir können den Koffer doch nicht aufmachen."

„Ich geh mal zum Schaffner."

Der Mann vom Fenster stieß beim Hinausgehen an Beine.

„Entschuldigung."

Eine Lautsprecherdurchsage forderte den Mann auf, von dem nur bekannt war, dass er Horst hieß, auf seinen Platz zurückzukehren.

„Die Fahrausweise bitte."

Diesmal kontrollierte eine runde, ältere Frau. Sie sprach sächsisch.

„Fehlt da noch jemand?"

Sie zeigte auf den leeren Platz.

„Vor sechs Stunden weggegangen."

„Vielleicht im Speisewagen", sagte sie.

„In wenigen Augenblicken erreichen wir München Hauptbahnhof. Ausstieg in Fahrtrichtung links. Thank you for travelling with Deutsche Bahn."

„Komisch" sagte einer beim Aussteigen und schüttelte den Kopf. „Horst ist doch gar nicht so ein hässlicher Name. Schönen Tag noch."

Das weiße Hemd

Der Weg nach Hause zurück führte ihn durch den Park, Sommer wie Winter, jeden Tag. Morgens nahm er die Bahn zum Präsidium, am Nachmittag sog ihn der Friedhof auf, dieser riesige Friedhof, der ihn an seine Vergangenheit in New York erinnerte, groß wie der Central Park und außergewöhnlich schön. Ein endloser Landschaftsgarten mit ausgedehnten Grünflächen, Gehölzen, Buschwerk und verschlungenen Wegen bot er Füchsen, Hasen und Rehen ein Zuhause. Nicht einmal der Lärm der großen Stadt drang bis hierher und vermochte die einzigartige Atmosphäre zu stören. Dass hier unzählige Tote wohnten, bedrückte nicht. Gelegentlich befuhr leise knirschend ein Auto einen der Wege, rief eine Joggerin Missfallen hervor. Man grüßte sich. Hier waren die Menschen freundlich zueinander. Gegen die Mitte der Strecke stand unter einer mächtigen Platane die Bank, seine Bank, und bei trockener Witterung legte er hier eine Pause ein, eine Pfeife lang, es gehörte einfach dazu. Rosmarin und Wacholderbüsche im Halbkreis verströmten bei Wärme den Duft von Italien, Macchia. Hier zog der Tag noch einmal an ihm vorüber, hier ließ sich denken. Welches waren die Lichter des Tages, was hatte er falsch gemacht, was stand am nächsten Tag an? Seine Bank, verwittertes Holz mit Algenbesatz und einem rostigen Eisengestell. Wenn sie eng zusammenrückten, fänden gerade einmal zwei Menschen darauf Platz. Hier flogen im März oder an warmen Februartagen die ersten Zitronenfalter, hier sonnten sich mit ausgebreiteten Flügeln im Spätsommer Admirale und Füchse auf dem warmen Holz. Er musste sie stören, um sich selbst setzen zu können, und flogen sie gaukelnd davon, hätte er sie am liebsten um Verzeihung gebeten. Er hätte seine Bank mit den Schmetterlingen geteilt, wären sie nicht so schreckhaft. In früheren Jahren kamen mit den Schmetterlingen die Winterlinge, durchbrachen die Schneedecke, dann stießen Krokusse hinzu und brachten Hoffnung mit.

Es hatte schon seit vielen Jahren nicht mehr geschneit. Es meldeten sich die ersten Vögel, die dagebliebenen, dann waren nach und nach die weit gereisten zurückgekehrt. Nicht lange, wäre das Jahr vorüber und sie flögen davon. Mitunter bei Sonne sangen sie auch im Herbst. Elstern taten selbstbewusst, liefen breitbeinig die Wege entlang, ließen sich auf Kreuzen und Grabsteinen nieder, und manches Gesteck nahmen sie auseinander. Es war ihr Reich, das ließen sie ihn wissen, wenn er sich näherte. Vorwurfsvoll keckernd flogen sie auf. Stets hatte er eine Handvoll Futter in seiner Tasche, Erdnüsse, Sonnenblumenkerne, Hanfkörner. Er warf sie auf das Grab gegenüber, um das sich augenscheinlich niemand mehr kümmerte. Die Vögel kannten ihn, fielen scharweise ein, sobald er sich gesetzt hatte und stürzten sich auf das Geschenk. Ein sehr schlichtes Grab. Ein großer Feldstein, kein Kreuz, keine Inschrift außer dem Namen
- Walther Zimmermann - und zwei Jahreszahlen. Die vertrockneten Blüten der bodendeckenden Rosen schnitt niemand mehr ab. Einziger Schmuck eine kleine, kunstvoll aus Blech zusammengelötete Heuschrecke.

Erstaunlich, dass sie noch keiner gestohlen hatte.

An diesem Tag sah er bereits von weitem das Weiße auf der Lehne. Offenbar war die Bank besetzt. Noch nie zuvor hatte er jemanden dort angetroffen. Schon wollte er vorübergehen. Doch dann zögerte er, hielt inne, blickte herum, schließlich war es seine Bank. Sie gehörte ihm nicht, und doch war es seine Bank. Er ließ sich nieder, aber ganz behaglich war ihm nicht. Einen Platz einzunehmen, den offenkundig jemand reserviert hatte, er fand sich zudringlich, unhöflich. Die Bank war besetzt, davon zeugte das Hemd, ein weißes, feuchtes, knitteriges Hemd auf der Lehne. Seitlich guckte eine Plastiktüte hervor. Er blickte um sich. Niemand war in der Nähe. Wer zieht mitten auf dem Friedhof sein Hemd aus, legt es auf die Lehne einer Bank und verschwindet? Statt einer rauchte er diesmal zwei Pfeifen, doch auch danach hatte sich niemand eingestellt. Bis er nach einer Biegung die Bank aus den Augen verlor, wandte er im Gehen immer wieder den Blick zurück. Keiner vergisst sein Hemd an einem solchen Platz! Auch am nächsten Tag schimmerte es schon von Ferne weiß. Er ließ sich nieder, setzte sich an den Rand. So könnte eine zweite Person Platz neben ihm finden. Das Hemd irritierte ihn. Es fesselte sein Denken. Nicht einmal seine Pfeife zündete er an. Die leichte Brise könnte Krümel von Asche auf das makellos weiße Kleidungsstück blasen. Es lag diesmal anders, wie am Vortag etwas zerknittert und feucht, aber anders. Jemand musste hier gewesen sein. Es war eine Bluse, kein männliches Hemd. Vielleicht eine Joggerin, die hier die Kleidung wechselt, bevor sie zu ihren Runden durch den Friedhof aufbricht? Dann würde sie irgendwann wiederkommen. Vielleicht träfe er sie, wenn er seine Pause ausdehnte. Er harrte bis zur Dämmerung aus. Und wieder blickte er beim Gehen mehrmals zurück, bis sich die Bank zwischen den Büschen verlor. Tag für Tag nun der gleiche Anblick der weißen Bluse auf der Lehne seiner Bank. Stets ein bisschen knitterig und feucht, und unter ihr zum Schutz ein Streifen Plastik. Bald nahm er ein Buch mit, Neugier hatte ihn durchdrungen. Eines Tages müsste er ihr begegnen. Er würde die Zeit mit Lesen verbringen, bis sie sich einstellte. Erst bei

Dunkelheit würde er den Heimweg fortsetzen. Er las, ohne zu lesen. Am Ende der Seite wusste er nicht mehr den Beginn. Er wollte nicht und musste doch ständig aufblicken, den Kopf wenden, ob sie nicht käme, horchte auf jedes Geräusch, wurde aufgeregt, wenn die Vögel plötzlich verstummten. Die Sonne verschwand. Einzelne Spaziergänger, sonst war niemand gekommen. Er malte sich aus, wie sie wäre. Eine zierliche Person musste sie sein. Small stand auf dem Etikett im Kragen. Ob sie jung war oder alt, das gaben die vier verschiedenen Blusen nicht preis, die bislang dort lagen. Alle waren von gleichem Weiß, doch im Laufe der Tage wusste er sie zu unterscheiden. Einmal hatte er eine Taschenlampe dabei. Er würde sich im Gebüsch verstecken. Und wenn er die ganze Nacht wartete, einmal müsste sie kommen. Irriger Plan; er verwarf ihn. Er schalt sich selbst einen Narren bei dem Einfall, schon vor der Morgendämmerung seinen Weg zu gehen. Sonst fuhr er am Morgen mit der Straßenbahn und machte nur den Heimweg zu Fuß. Die weißen Blusen bestimmten fortan seinen Tagesablauf, sogar sein Denken hatten sie im

Besitz. Im Aufstehen schon beschäftigte ihn die geheimnisvolle Besitzerin, und immer wieder ertappte er sich beim versonnenen Blick aus dem Bürofenster, bei abschweifenden Gedanken. Immer war es das weiße Hemd. Es ließ ihm keine Ruhe. Wieso war es ihm nicht gleichgültig? Jeder hatte das Recht, sein Hemd auf die Lehne einer Parkbank zu legen, jeden Tag hatte er das Recht. Schließlich trieb es ihn doch vor Sonnenaufgang aus dem Haus, durch den tief dämmerigen Friedhof, als das Auge noch nicht sah, wohin der Fuß trat. Die Bluse lag da wie am Vortag, am Nachmittag würde es eine andere sein. Er sollte einen ganzen Tag hierbleiben, dann wäre das Geheimnis gelüftet. Und reichte ein Tag nicht, dann eben eine Woche. Vielleicht beobachtete sie ihn und kam nicht, solange er in der Nähe war? Der mächtige Stein auf dem Grab gegenüber war einer, wie sie zahlreich auf den Feldern unter der Erdoberfläche darauf warteten, die Ackermaschinen zu beschädigen. Der Steinmetz hatte die Arbeit an der Inschrift lieblos ausgeführt. Am Beginn des W musste ihm der Meißel abgerutscht sein, so waren die

Schenkel des Buchstaben ungleich lang. Die Bögen des M waren nicht schön gerundet, die Tiefe nicht gleichmäßig. Es störte ihn, je öfter er hinsah. Warum hatte es ihm zuvor nichts ausgemacht? Es war die Ungeduld.

Eines frühen Nachmittags näherte sich eine junge Frau. Das musste sie sein, sein Gefühl sagte es ihm, Spannung ergriff ihn, Unruhe. Sie lehnte ihr Fahrrad in den Wacholderbusch, entnahm einem Korb eine weiße nasse Bluse und tauschte sie gegen die auf der Lehne, strich die Plastiktüte glatt und breitete die Bluse darauf. Die Algen sollten sie nicht beschmutzen.

„Hier sieht es aus wie zu einem Picknick", sagte sie nach freundlichem Gruß und kurzem Blick auf seine Tasche.

„Bücher, Brötchen, Getränke, fehlt noch der Grill. Verbringen Sie den ganzen Tag hier? Schön unter den Bäumen zu sitzen. Ich mag das auch." „Jeden Tag nach der Arbeit komme ich hier vorbei und mache eine kleine Pause. Ein schöner Ort zum Nachdenken."

Sie lachte.

„Und dann liegt plötzlich jeden Tag so ein Kleidungsstück herum und Sie wundern sich."

„Würden Sie sich nicht fragen, wem das gehört? Als ob da jemand wohnt, der seine Wäsche zum Trocknen auslegt."

„Ich wohne hier", erwiderte sie.

Er suchte in ihrem Gesicht nach einem Zeichen, dass dies ein Scherz sei.

Sie schien lächelnd seine Verblüffung zu genießen. Er hatte sich ausgemalt, wie er die Unterhaltung beginnen würde, am besten mit einer witzigen Bemerkung oder einer Belanglosigkeit, über das Wetter etwa. Dann würde er sie ausfragen. Mit einem Mal war sie da, machte den Anfang, und ohne laute Ouvertüre spielte bereits der erste Akt.

Sie warte auf einen Studienplatz, erzählte sie, derzeit seien ja Semesterferien, und eine Wohnung habe sie auch noch nicht. Sie redete ohne Unterlass. Er wagte nicht, sie zu unterbrechen und lauschte gefesselt dem schwungvollen Reden dieser lebhaften Frau. Ihr Mienenspiel nahm ihn gefangen. Bis das Studium begänne, arbeite sie bei Karstadt im

Untergeschoss, verkaufe Decken, Bettwäsche und so. Handtücher auch. Eine ruhige Arbeit, ganz gut bezahlt, und die Kunden freundlich. Bis zum frühen Nachmittag hätte sie zu tun und danach frei. „Ein paar Mal hab ich in der Bettenabteilung übernachtet, ich kenne da jede Ecke. Aber das ist mir zu unheimlich und unsicher ist es auch, immer geht irgendwo ein Licht an, dann knackt und brummt und knistert es, fällt was runter, der Nachtwächter geht rum. Und rühren darf ich mich auch nicht wegen der Bewegungsmelder. Aufs Klo muss ich kriechen."

Schweigend hefteten beide für einen Moment den Blick auf das Grab gegenüber.

„Süß, diese Heuschrecke. Dass die noch niemand geklaut hat! Ja, dann bin ich hierhergezogen. Ich wohne im Kolumbarium. Dahinten."

Sie deutete hinter sich auf ein unscheinbares graues Gebäude in der Ferne. Er hatte es noch gar nicht wahrgenommen.

„Kolumbarium?"

Den Ausdruck kannte er nicht.

„Ja, das heißt so. Können Sie Latein?"

Er schüttelte den Kopf.

„Columba ist die Taube auf lateinisch. Kolumbarium heißt eigentlich Taubenschlag oder Taubenhaus. Solche Taubenhäuser gibt es heute noch in Spanien oder Italien, richtige kleine Gebäude mit vielen Höhlen, in denen die Tauben wohnen. Die sitzen da drin und gucken raus, sieht hübsch aus. Das dahinten war früher eine Kapelle. Irgendwann haben sie Wände eingezogen mit Nischen. Da wohnen aber keine Tauben drin, da stecken sie die Urnen rein. Sieht wirklich aus wie ein Taubenhaus, deshalb heißt das auch so. Kommen Sie, ich zeige es Ihnen."

Eine schlichte fünfeckige Grabkapelle, übermoost, schwere Doppeltür. Die wenigen, einst farbigen kleinen Fenster waren verblasst und ließen nicht viel Licht ein. Darunter Mauern mit Höhlungen für die Urnen. Eine überlebensgroße Marienstatue beherrschte den Raum.

„Jetzt wissen Sie auch, warum man das Taubenschlag nennt. Hier hab ich meine Sachen drin." Mit diesen Worten zog sie aus einer der obersten noch unverschlossenen Höhlen einen Schlafsack, aus einer anderen und einer dritten eine Isomatte und eine Tasche, in der auch die Blusen waren. „Abends ist hier Schicht im Schacht, nichts los, keiner mehr da. Und hinter Mutter Maria schlafe ich. Da ziehe ich mich auch um, für den Fall, dass jemand kommt. Bisher ist noch niemand gekommen."

Er merkte auf. Hatte sie eben Mutter Maria gesagt?

„Was ist mit Waschen und so?"

„Kein Problem. An jeder Ecke gibt es Wasserstellen, wo die Leute ihre Gießkanne auffüllen, und das Klo ist gleich nebenan, ganz praktisch, sogar nachts offen."

Die Frau faszinierte ihn. In ihrem Beisein fühlte er sich beschwingt. Ihre Lebendigkeit war ein beeindruckender Kontrast zu all den Toten ringsherum. Sie entzündete in ihm nie gekannte Lebensfreude.

„Haben Sie keine Angst hier?"

Er musste das fragen, sie hatte es erwartet und ihr lautes Lachen brach sich vielfach in dem

Raum, der eigentlich andächtiges Schaudern einforderte. Lautheit und Gelächter gehörten hier nicht hin.

„Angst? Vor was denn oder vor wem denn? Vor der Asche in der Wand? Nachts traut sich keiner auf den Friedhof, glauben Sie mir, hier haben die Leute Angst, Mordsschiss haben die. Und wenn wirklich mal einer in der Dunkelheit hier durchgeht und er bleibt an einem Dornenzweig hängen, fällt er vor Schreck tot um."

Und wieder lachte sie. Weil sie in ihrem Job adrett gekleidet sein müsse, wasche sie nach der Arbeit ihre Blusen aus, lege sie über die Bank und am nächsten Tag seien sie meist trocken.

„Bei Walther Zimmermann ist die Sonne am wärmsten."

Er verließ das Präsidium in den folgenden Tagen früher als gewöhnlich, sie trafen sich beim Tausch der Blusen. Immer hatte er eine Kleinigkeit für sie dabei, ein Käsebrot, Kuchen, eine Brezel, einen Riegel. Eine Weile wärmten sie sich in der Nachmittagssonne und gingen dann auseinander. Der Gedanke ließ ihn nicht los, sie des Abends in ihrem Taubenhaus zu besuchen. Die Tür wäre offen. Er sollte sie zuvor fragen.

Eines Tages trug er in einer Kühltasche eine Flasche Sekt und zwei Gläser. Sie hatten sich aneinander gewöhnt, freuten sich auf die tägliche Begegnung. Nie hatten sie sich umarmt, nie berührt. Er hatte die junge Frau ins Herz geschlossen. Wieso kam er ihr nicht näher?

Der weiße Fleck auf der Bank fehlte diesmal. Jeden Tag hatte er gehofft, er wäre noch da, und nahm er ihn aus der Ferne wahr, hatte sein Herz gejubelt. Der Sekt wurde warm, sie kam nicht. Er wusste es, noch bevor er die Kapelle betreten hatte. Der Taubenschlag war leer, die Fächer ausgeräumt. Dennoch suchte er auch die anderen leeren Höhlen ab, guckte in die Ecken.

Samantha hatte sie sich genannt. Mehr wusste er nicht von ihr. In der Bettenabteilung bei Karstadt kannte niemand eine Samantha. So einen ungewöhnlichen Namen hätte man sich gemerkt. In der Personalabteilung beteuerten sie zudem, Ferienkräfte stelle man seit Jahren nicht ein.

Der Herbst kam, der Winter brach herein. Vom Präsidium nach Hause ging er nicht mehr an der Bank vorüber, mied den Friedhof. Seit Wochen wählte er auch für den Heimweg die Bahn. Dieses Jahr fröstelte ihn mehr als sonst, die Kälte während des langen Fußwegs tat ihm nicht gut. Im nächsten Frühling würde er wieder einmal den alten Weg gehen, wenn die Winterlinge und Krokusse durch die Erde brächen und die rückkehrenden Vögel zu singen begännen. Vielleicht gäbe es wieder einmal Schnee. Hoffentlich wäre die Heuschrecke noch da.

Ausscheidung
(Eine Veranstaltung des Kulturvereins)

Die Mehrzwecksporthalle des Moselstädtchens war festlich herausgeputzt, Luftschlangen, Girlanden spannten sich, Luftballons. Schon vor Wochen hatten Plakate das Ereignis angekündigt, alle Karten waren verkauft. Auch wer nicht hinsah, bemerkte die Krümel, zertretene Erdnüsse, Schalen, Bonbonpapier, klebrige Reste von Flüssigkeit, hörte und spürte, wenn er darauf trat. Bisweilen fiel eine Flasche um, rollte und klirrte ans Stuhlbein. Die trüben Fenster siebten durch Spinnweben grob das verglimmende Tageslicht, im halbdunklen Saal warteten sie auf die Entscheidung. Die meisten Zuschauer waren längst von der Pause zurück, hatten die Plätze gesucht, Stühle wurden gerückt, Papier knisterte, der schwüle Dunst ein Gemisch aus Schweiß, Bratwurst und Bier. Noch hämmerten die Bässe der Lautsprecher Schlager des Sommers. In den hinteren Reihen stellten sie Ferngläser scharf auf die improvisierte Bühne am Ende der Halle. Von der Rampe herab wallte Stoff in Falten zu Boden, im gleichen Burgunderrot wie der Vorhang. Der Laufsteg stach in den Raum. Die Juroren zu beiden Seiten überflogen ihre Notizen, ihre Miene verriet nichts. Immer noch kamen Zuschauer, stießen an Stühle, lärmten, laut wurde gesprochen. Der Conférencier klopfte mit dem Finger gegen das Mikrofon.

„Leute, wir wollen weitermachen", dröhnte es, und allmählich erstarb das Gemurmel.

„Damen und Herren, wir kommen nun zum Höhepunkt der diesjährigen Wahl, zum dritten und letzten Teil unseres Events. Sechs Ladies haben sich qualifiziert. Alle sind super, alle sind sexy, aber es gibt nur eine Queen, eine Challenge für alle sechs."

Applaus.

„Ich darf die Damen nun auf die Bühne bitten."

Er hielt den Rand des Vorhangs zur Seite, und sechs junge Frauen nahmen den aufbrandenden Jubel entgegen, Pfiffe gellten. Die Atmosphäre in der Halle war elektrisierend. Sie trugen nicht viel an sich, die breite Schärpe, darunter das Nötigste. Sechs Gesichter wie in Gips gegossen lächelten gegen die Scheinwerfer ins Dunkel, dorthin, wo sie die Zuschauer und die Jury vermuteten. Sie versuchten sich im Lächeln der Marilyn Monroe, diesem Lächeln, das Ruhm und Geld verhieß und das Gefühl, begehrt zu sein. Die glänzenden Schärpen zeigten die Orte, aus denen sie kamen. Fast alle hatten in früheren Jahren Siegerinnen hervorgebracht. Bacharach war darunter, Mainz und Bamberg. Aber Eckerswihr, niemand kannte Eckerswihr. Die Teilnehmerin aus Cochem, Startnummer 5, behandle ihre Brüste vor dem Auftritt mit Kältespray, hieß es. Die es wussten waren gespannt, wie deutlich diesmal die Brustwarzen hervorträten. Die Damen hatten sich hinter den Vorhang zurückgezogen, das Defilee der Einzelnen würde folgen.

„Wir beginnen mit Startnummer 5, Belinda aus Cochem."

Jubel mischte sich mit Pfiffen und Buhrufen, als zu sehen war, dass sie die Erwartungen nicht erfüllte. Die mit den Ferngläsern waren die Ersten. Alle Damen absolvierten ihr Programm recht gefällig, und der begeisterte Beifall ließ sie strahlen. „Ausziehen, ausziehen!" rief eine Gruppe aus der letzten Reihe. Mit dem Auftritt der Teilnehmerin Nummer 17 aus Eckerswihr war die Spannung zum Bersten. Als ruhmlose Außenseiterin war sie in den ersten Runden eine Überraschung gewesen. Ferngläser wurden nochmals scharfgestellt, Bierflaschen zur Hand genommen und Stühle zurechtgerückt. „Hinsetzen!" Manche waren aufgestanden. Nummer 17 verbeugte sich anmutig. Sie verbeugte sich lange und tief. Dann ging sie, nein, sie schritt den Laufsteg entlang, sehr, sehr langsam. Das war nicht die geübte Sicherheit der Anderen. Als fragte sie wortlos in das Dunkel, hielt sie inne, tastete dann mit dem Fuß, suchte Halt, und der nächste zaudernde Schritt. Ein stummer Hilfeschrei ihr ganzer Körper, die Hände griffen flehend ins

Leere. Wieder ein Schritt, unsicher, sie kippelte auf der abenteuerlichen Höhe der dünnen Absätze. Gleich würde sie straucheln, dann stürzen. Mancher verbot sich das Atmen, entschlossen, in jenem Moment der Retter zu sein. Mit einem Sprung wäre er bei ihr und ließe nicht zu, dass sie fiel. Nummer 17 stürzte nicht. Ganz Grazie und hilflose Zerbrechlichkeit, absolvierte sie zehn Meter Laufsteg in schmerzhaft gedehnter Zeit. Da war kein aufreizendes Schwenken der Hüften. Wie kindlich sie war, so unsicher, verlegen jede Bewegung, das war ihr Liebreiz. Schritt für Schritt, es kochte im Saal, sie hielt die Augen zu Boden gerichtet, die Lider hingen, mit ihrer Schlichtheit rührte sie an jedes Herz. Aufatmen im Saal, endlich war sie am Rand, drei Scheinwerfer schnitten ins Dunkel, folgten jeder Bewegung und leuchteten sie schonungslos aus. Stand und hob den Blick, nicht viel, nur soeben, und nahebei Sitzende sahen das Zittern der Lider. Nichts geschah, es war schwer erträglich, und wieder griff manch einer unter den Stuhl nach dem Bier. Stand weiter und richtete ihre Augen jetzt irgendwohin in das Dunkel, dorthin, wo sie

saßen, und traf wen ihr Blick, fühlte er sich
gemeint. Nur die Nächstsitzenden sahen das
Zittern, und die mit dem Fernglas. Ein
Mundwinkel, hatte er nicht gezuckt? Wohl
eine Täuschung. Doch, jetzt der andere. Ihr
vollendeter Körper verlor an Spannung. Und
wieder das Zucken am Mund, stärker jetzt,
Kräuseln der Lippen, Flattern der Lider. Die
Hände befremdlich, drehten sich, drehten sich
weiter, beklommen sah jeder die Finger
schmerzvoll sich krümmen. Und alle waren
hilflose Zuschauer. Die Musik hatte
ausgesetzt. Nahezu Totenstille herrschte im
Saal. Quälende Sekunden, dabei so lustvoll.
Niemand wollte hinaus. Und wirklich lief
manche Träne. Dann begann leises Trommeln,
schwoll an zum Wirbel und nahm den Gipfel
vorweg.

Jetzt, jetzt quoll es zwischen den Lidern
hervor, eine einzelne Träne zuerst, dann viele,
bildeten Rinnsale auf ihren Wangen, tropften
herab von den Lippen, liefen zum Kinn, den
Hals hinab ins Décolleté, und lüsterne Blicke
genossen das elende Schauspiel im gleißenden
Licht. Ströme von Tränen und Schweiß und
Rotz aus der Nase, ein schleimiger Spiegel.

Derweil hatten Wellen von Zucken und Krämpfen den zierlichen Körper erschüttert, wieder und wieder schüttelte es ihn, und beklemmend lächerlich schwappten die üppigen Brüste, die vordem bezaubernden Züge in tonlosem Schluchzen zur Fratze entstellt. Noch stand sie, die Knie eingeknickt, hielt die Schwebe zwischen Stehen und Sturz, der schlanke Leib ins Groteske verrenkt. Nass glänzte der Körper, erbarmungslos ausgestellt wie im Museum, Schweiß und Tränen zu ihren Füßen, und wie es am Bein rann, sahen nur die ganz vorn. Schweißnass auch manche Zuschauerstirn, Männerhände wurden nicht trocken, so sehr sie am Hosenbein rieben. Die Arme, die Hände, griffen ins Leere, im Haar suchten sie Halt, fielen herab, Minuten verstrichen, unerträglich gedehnte Minuten.

Das Licht verlosch, beklemmende Stille, ein Tusch, dann wieder Licht, Verbeugung, und tosender Jubel, als sie verschwand.

Das Urteil der Jury war rasch und einstimmig, und schon zog sie der Conférencier hinter dem Vorhang hervor, notdürftig getrocknet, Schminke und Rotz zu streifigem Brei verschmiert, das Gesicht ein Zerrbild seiner selbst. Sie drohte zu fallen, er riss ihren Arm in die Höhe, sie drohte zu stürzen, er hielt sie.

„Feiern Sie mit mir den Champion, die Queen, die Nummer 17. Hier ist sie, die Siegerin dieses Jahres, Sylvestra aus Eckerswihr, die neue Weinkönigin 2008. Ich hoffe, Sie nächstes Jahr wieder hier begrüßen zu dürfen, zum Festival der Tränen."

Der Conférencier verbeugte sich tief, warf Kusshände ins Publikum, dann führte er sie hinter den Vorhang. Wenige hörten den Aufprall. Die grellen Scheinwerfer erloschen, die Saallichter gingen an und es war wieder die Allzweckhalle, nüchtern wie vordem. Noch einmal brandete der Applaus hoch zur Bühne, Rufe, Pfiffe,

Der blutrote Vorhang hatte sich hinter den Teilnehmerinnen geschlossen, Schlager des Sommers begleiteten die Zuschauer hinaus ins nächtliche Dunkel. In Grüppchen standen sie noch beieinander, und erlöstes Lachen erfüllte die Luft.

Hinter der Halle blitzte es blau im nächtlichen Himmel. Das Blitzen kam näher, bog um die Ecke, das gleißende Licht der Scheinwerfer trieb die Besucher zur Seite. Die Unterhaltung verstummte, bis der schwere Wagen vorbei war. Das Innere erhellt, war hinter dem Milchglas hektisches Wirken zu ahnen. Das Geräusch des Motors verlor sich, weiter zerfetzten die blauen Lichter die Nacht. Erst auf der Hauptstraße heulte das Martinshorn.

Fräulein Loystenbrugh

Bei dem Nebel gestern nahm ich den Weg zu Fuß. Ich trug Hut, Schal, vergrub meine Hände tief in den Taschen meines dicken Mantels und ging unwillkürlich gebeugt, zum Schutz gegen die Kälte, den Kopf gesenkt, die Schultern hochgezogen, so mochte mich mancher für einen alten Mann gehalten haben. In der Ferne gewahrte ich eine Gestalt, als ich kurz den Kopf hob. Sie näherte sich. Erst war sie nur ein dunkler Fleck, dann wie, wenn du in den Wolken ein Gesicht erkennst, einen Löwen, einen Fisch, gewann der Fleck Kontur und löste sich aus dem Nebel. Die Erscheinung war hoch aufgeschossen, hager und grau wie alles an diesem sprichwörtlichen Novembermorgen.
Die Lichter der Autos setzten farbige Akzente. Die Frau trug ihren langen Staubmantel offen, ein plissierter Rock, wie man ihn vor Jahrzehnten trug, gab den Blick auf die Unterschenkel frei, merkwürdig weiß gegen die

graue Person, gegen diesen grauen Morgen. Energisch klackten die schwarzen Schuhe bei jedem Schritt.

Ich lüpfte den Hut zum Gruß und im selben Moment überraschte mich mein Tun, kannte ich doch die Frau nicht. Unversehens hatte ich „Guten Morgen" gesagt und leise nachgesetzt „Fräulein Loystenbrugh." Erstaunt erwiderte sie meinen Gruß mit einer Stimme so freundlich und jugendlich, wie ich sie bei dieser grauhaarigen Frau mit dem dicken Haarknoten nicht erwartet hätte.

Nicht umdrehen! befahl ich mir und noch während ich dem Verhallen ihrer harten Schritte nachhörte, konnte ich nicht anders als den Kopf wenden und der großen Frau mit den Augen folgen.

„Guten Morgen, liebe Klasse. Freuet euch in dem Herrn alle Wege. Setzt euch."

Fräulein Loystenbrugh wartete stehend, bis der Schüler die Tür hinter ihr geschlossen hatte und an seinen Platz zurückgekehrt war. Die Klasse hatte sich erhoben.

„Guten Morgen, liebe Klasse. Freuet euch in dem Herrn alle Wege. Setzt euch."

Ohne diese Formel war der Unterrichtsbeginn undenkbar.

Bis vor einem Jahr hatte sie dem Satz ein Gebet vorangestellt, seit dreißig Jahren, und an keinem Tag ausgelassen. Ein Schüler sprang auf, sobald ihr harter ausgreifender Schritt auf dem Flur zu vernehmen war, erwartete die Lehrerin an der Tür und schnitt Grimassen, während er hinter ihr die Tür schloss. Das aufkommende Gelächter überging die Lehrerin mit Gleichmut, wie sie auch spöttische Bemerkungen über ihren Namen oder ihre Kleidung nicht beachtete.

„Guten Morgen, liebe vierte Klasse. Lasst uns beten." Sie stimmte das Morgengebet an, und nach „Freuet euch in dem Herrn alle Wege, setzt euch" begann der Unterricht. Bis vor einem Jahr. Seither gab es das Gebet nicht mehr.

Geduldig hatte damals Mehmets Papa vor dem Lehrerzimmer gewartet, verlegen drehte er seine Kappe in den Händen, den Kopf gesenkt. Herr Kürümlüoglu kannte die Lehrerin. Bisweilen kaufte sie in seinem Gemüseladen einen Apfel, nur einen Apfel, selten einmal drei Möhren. So große Frauen gab es in seiner Heimat nicht. Streng sei sie, hatte Mehmet erzählt. Herr Kürümlüoglu hatte Achtung vor dieser Frau, die ihn um Kopflänge überragte, doch sein Respekt vor Allah und Mohammed wog schwerer. Das gab ihm Mut für sein Anliegen.

„Bitte, Frau Lehrerin."

Sie unterbrach ihn: „Fräulein Loystenbrugh", und ihre Stimme hatte feine Stacheln. Doktor Loystenbrugh legte Wert auf die Anrede als Fräulein. Herr Kürümlüoglu musste das wissen.

„Bitte, Fräulein Loystenbrugh."

Und dann trug er bescheiden seinen Herzenswunsch vor. Ob sie nicht auf das Morgengebet verzichten könne. Auch wenn sie empört war, verlor die Lehrerin nie die Selbstbeherrschung. Auch ihr Gesichtsausdruck verriet nichts von ihrer inneren Bewegung. Allenfalls ein leichtes Hochziehen der Augenbrauen ließ ihr Missfallen erahnen. Ob Herr Kürümlüoglu es bemerkt hatte? In ihr wühlte es. Dieser Türke nahm sich eine Ungeheuerlichkeit heraus, einen Angriff auf die dreißigjährige christliche Gepflogenheit ihres Unterrichts. Unbeholfen und mit ungelenken Worten versuchte Herr Kürümlüoglu zu erklären, dass Mehmet sich nicht wohlfühle, wenn Fräulein Loystenbrugh von Jesus als dem Sohn Gottes spreche. In seiner Religion habe Gott keine Kinder, und Jesus sei ein Prophet wie andere auch.

„Ich bedaure es von ganzem Herzen", hatte Fräulein Loystenbrugh geantwortet. „Das Gebet vor dem Unterricht hat an dieser Schule eine lange Tradition. Ich unterrichte hier seit 30 Jahren und nie hat jemand das Gebet beanstandet. Ich kann ihre Bitte leider nicht erfüllen."

Noch im Sprechen gedachte sie der Schmach vor einigen Jahren. Damals hatte Herr Schaller darum gebeten, seinen Sohn Klaus von der Anwesenheit beim Morgengebet zu entbinden und sie hatte den Wunsch abgeschlagen. Herr Schaller hatte sich durchgesetzt und Klaus wartete fortan auf dem Flur, bis das vielstimmige Amen durch die Tür zu ihm drang, Aufforderung, die Klasse zu betreten.

„Vielleicht dann fragen Direktor."

Herr Kürümlüoglu verabschiedete sich mit einer höflichen Verbeugung. Rektor Ebbinghaus gab den heiklen Fall an die Schulbehörde weiter und mit einem Erlass war die lange Tradition beendet. Kein Morgengebet mehr. Fräulein Loystenbrugh hatte die Niederlage nie verwunden. Bot sich eine Gelegenheit, erwähnte sie den Niedergang der christlichen Werte. Doch die Formel ließ sich Fräulein Loystenbrugh nicht nehmen. „Freuet euch in dem Herrn alle Wege. Bitte setzen!"

Es hieß, sie sei einst Nonne gewesen oder Diakonisse. Einer meinte in ihrer silbernen Brosche das Wahrzeichen des Klosters Kanaan entdeckt zu haben. „Sieht aus wie der Arsch vom Braunbär." Harry meinte die Darstellung auf der Brosche. Verstohlen musterte ich sie genauer und fand eher eine Ähnlichkeit mit einer Brezel. Die Phantasie treibt üppig Blüten, je mehr Geheimnisse einen Menschen umranken. Als Lehrerin war sie untadelig. Einer brachte das Gerücht auf, sie sei aus einem Kloster hinausgeworfen worden. Obgleich sie nie mit einem Mann gesehen worden war, hieß es, Schwierigkeiten mit dem Einhalten der Keuschheit sei der Grund gewesen. Ob es vielleicht Alkohol war?

„Ich habe sie mit einer Frau gesehen. Die haben Händchen gehalten."

Es war die Mutter von Olaf, die den Gerüchten eine neue Wendung gab. Fräulein Loystenbrugh war die Wand, die klaglos jedes Bild hinnahm, das auf sie projiziert wurde. Zum grauen Faltenrock trug sie eine graue oder dunkelblaue Bluse und stets diese seitlich geschnürten schwarzledernen Schuhe. „Bunkerschuhe", bemerkte der Vater von Klaus abfällig. „Haferlschuhe", sagte ein Anderer, der es besser wusste. „Die trägt man in Tirol."

Gewöhnlich hatte sie ihr Haar zum Knoten hochgesteckt. Ihre Erscheinung, wie sie war, sprach, sich kleidete, wie sie ging, trugen ihr manchen Spott ein. Er perlte an ihr ab wie der Regen von ihrem langen Staubmantel, ohne den man sie selten sah.

„Du weißt doch, Oliver, wer den Cent nicht ehrt, ist des Euros nicht wert." Sie sagte Cent und Euro. Und als empfände sie es als Verrat an dem alten Spruch setzte sie hinzu, früher hätten die Münzen Pfennig, Heller, Taler geheißen. Schon Luther habe gesagt, wer des Pfennigs nicht achte, der werde keines Talers Herr.

Fräulein Loystenbrugh achtete streng auf sauberen Gebrauch der Sprache, duldete keinen hässlichen Ausdruck und hatte immer ein belehrendes Wort zur Hand. Oliver war in der Pause ein Cent Stück aus der Hand gefallen, auf dem Boden entlang gerollt und unter der Fußleiste an der Wand verschwunden. Als Oliver keine Anstalten machte, das Geldstück aufzuheben, nahm ihn die Lehrerin beiseite und rügte seine Gleichgültigkeit.

„Liebe Schüler, die großen Ferien rücken näher. Und wie immer ist die letzte Woche der Nächstenliebe gewidmet. Ihr kennt das von den vergangenen Jahren. Ihr habt noch drei Wochen Zeit. Denkt euch etwas aus, womit ihr anderen Menschen eine Freude machen könnt, fragt eure Eltern. Wer nichts findet, bekommt von mir eine Aufgabe."

Woche der Nächstenliebe, das war die Woche vor den Sommerferien, auch das war

Tradition, seit diese Schule bestand. Jede Schülerin, jeder Schüler hatte sich ein Projekt gemäß diesem Motto auszudenken, und wem die Einfälle dazu fehlten, der bekam eines zugeordnet. Sören meldete sich als erster.

„Ich streiche die blaue Tür vom Anglervereinshaus."

„Und du findest, das sei ein Akt der Nächstenliebe?"

„Ja."

Fräulein Loystenbrugh ließ es durchgehen. Sören hätte die Tür ohnehin am nächsten Wochenende gestrichen. Dazu hatte ihn sein Vater verdonnert.

„Immer schmeißt du dein Angelzeug liederlich in die Garage. Ich hab es satt, hinter dir herzuräumen. Du streichst die Tür vom Vereinshaus, klar?"

Dass sein Freund so gut davonkam, brachte Winfried auf eine Idee.

„Ich fahr meine Nachbarin jeden Tag eine halbe Stunde mit dem Rollstuhl spazieren."

„Ein sehr guter Einfall, Winfried."

Er verschwieg, dass die Nachbarin seine Oma war. Indem er sie regelmäßig ausfuhr, besserte er sein Taschengeld auf. Alle beneideten ihn um das teure Markenskateboard. Zahlreiche Vorschläge kamen zusammen, Hund ausführen, Müll aufsammeln, Vorlesen im Altenheim, Einkäufe für Andere machen. Nur Mehmet hatte keine Idee und auch keine Lust, sich etwas auszudenken. Er schrak aus seinen Gedanken hoch und starrte die Sammelbüchse an, die die Lehrerin vor ihn auf den Tisch gestellt hatte, dazu ein Heft.

„Was ist das?"

„Das ist eine Spendensammelbüchse. Damit gehst du von Haus zu Haus, klingelst an jeder Tür und sagst, du sammelst für das Müttergenesungswerk und bittest um eine Spende."

„Mach ich. Und das Heft?"

„Da trägst du die Namen ein. Siehst du, drei Spalten. Eine Spalte für Menschen, die etwas gegeben haben, die zweite Spalte, wenn jemand nichts gespendet hat und die Dritte, wenn niemand geöffnet hat."

„Ok, mach ich." Und leise setzte er hinzu „Aslür."

„Was hast du gesagt?"

„Ok, mach ich."

Mehmet wusste sofort, das war eine List mit dem Heft. Sein Vater hatte nicht nur den Gemüseladen, auch seine Dönerbude lief gut. Und wenn Mehmet anbieten würde, im Laden zu helfen, würde der Vater Geld in die Sammelbüchse stecken, und er müsste nicht von Haus zu Haus ziehen.

„Was hast du zu der gesagt?"

In der Pause fragte ich Mehmet. Ich saß zwar direkt hinter ihm, hatte es aber nicht verstanden.

„Aslür."

„Ja, und was heißt das? Das ist doch türkisch?"

„Das heißt gar nix. Das klingt türkisch. Aber das Wort kennt keiner, nur ich. Arschloch darf ich ja nicht sagen. Dann sag ich Aslür, das klingt ganz ähnlich und türkisch klingt es auch."

Mehmet war widerwillig mit Büchse und Heft losgezogen, hatte brav an jedem Haus geklingelt, seinen Spruch aufgesagt, um Spenden gebeten und die Eintragung im Heft korrekt vorgenommen.

„Wieso sammelt ein Kameltreiber für das deutsche Müttergenesungswerk?"

„Ich bin selber Mutter und krank, mir hilft auch keiner."

„Das ist aber lobenswert, dass du als Araber so was machst."

„Bist du Türke?"

„Ich bin Deutscher."

Über Lob freute sich Mehmet. Tadel, Misstrauen und Anfeindungen war er gewohnt; er ließ es von seinem inneren Regenschirm abtropfen. Er ging von Haus zu Haus, klingelte, blieb freundlich, und seine Büchse wurde schwerer, ihr Griff schnitt ihm in die Finger.

Die Woche der Nächstenliebe war vorüber. Die Projekte wurden vorgestellt, besprochen und gelobt. Mehmet hatte seine Büchse auf das Pult gestellt, das Heft daneben. Fräulein

Doktor Loystenbrugh öffnete sie mit dem Schlüssel, den sie verwahrt hatte. Ein Haufen Münzen türmte sich auf dem Tisch, dazwischen einige Scheine. Eine einzige rote Münze war dabei, ein Ein-Cent-Stück.

„Sieh mal an, da hat einer nur einen Cent gegeben, der sollte sich schämen!" Fräulein Loystenbrugh hielt das Geldstück zwischen spitzen Fingern hoch. Jeder in der Klasse sollte die Schande sehen.

„Wer dem Cent nicht ehrt, ist dem Euro nicht wert", rief Benjamin aus der letzten Reihe dazwischen. Eigentlich hätte er aufzeigen müssen, das war so üblich.

„Den Cent."

Jutta korrigierte ihn. Silke streckte die Hand in die Höhe.

„Ja?"

Sie stand auf.

„Entschuldigung, Fräulein Loystenbrugh. Man kann doch dem Cent nicht ansehen, ob ihn einer allein als Cent so reingesteckt hat, also nur diese eine Münze, meine ich, oder zusammen mit einem Euro oder einem Schein."

Und damit setzte sie sich. Die Lehrerin war sprachlos. Das Kind hatte sie entwaffnet. Nur den Schülern in der ersten Bank war die leichte Röte der Lehrerin nicht entgangen.

„Du hast Recht, Silke. Da siehst du mal, wie leicht wir zu einem falschen Urteil über einen Menschen kommen, wenn wir nicht nachdenken."

Wochen später, die Klingel hatte soeben den ersten Schultag nach den langen Ferien beendet. Die Schüler standen neben ihren Bänken, die Stühle bereits hochgestellt, es war Tumult in der Klasse, aufgeregtes Durcheinander, übertönt durch Mehmets ansteckendes Lachen. Sein Nachbar Leon hatte ihm einen Witz erzählt. Es klopfte, die Tür öffnete sich, Rektor Ebbinghaus trat ein, in der Klasse wurde es still. Nur Mehmet lachte noch, und der Rektor sah ihn scharf an. Mehmet drehte sich weg. Der Rektor sollte sein Gesicht nicht sehen. Er hielt die Nase zu und hörte auf zu atmen. In ihm arbeitete der Witz weiter.

„Ich muss euch die bedauerliche Mitteilung machen, dass Fräulein Doktor Loystenbrugh vor einer Stunde gestorben ist."

Betretenes Schweigen. Mehmet hatte die Luft angehalten, aber dann ging es nicht mehr. Der Witz spukte noch in seinem Kopf herum, und er prustete los, konnte nicht an sich halten, lachte und lachte.

„Du kommst jetzt sofort mit in mein Büro!"

Mehmet, schon wieder dieser Türke, nichts als Ärger mit ihm.

„Verstanden, Mehmet?"

„Ja, Herr Direktor." Und leise sagte er noch „Aslür."

Rektor Ebbinghaus konnte mein Lachen weder sehen noch hören. Er war schon aus der Tür.

Annegret

Wenn nicht immer der ganze Tag verloren wäre! Er würde sich nie daran gewöhnen. Kurz nach Mitternacht aufstehen, die Fahrt zum Flughafen, der dichte Verkehr, Suche nach einem Parkplatz. Immer dieses Bangen, Herzklopfen, bis er endlich im Flugzeug war. Nicht einmal ein Jahr war es her, als er, im Stau stehend, kurz vor dem Ziel seinem davonfliegenden Flugzeug hatte hinterher sehen müssen. Dann der Lärm im Flughafengebäude, die hallenden Durchsagen, die er nicht verstand, das Klappern der Anzeigetafeln, das brausende Stimmengewirr, das Rattern der Rollkoffer. Selbst durch die dicken schallhemmenden Fensterscheiben drang das Dröhnen der Turbinen herein. Angekommen. Er legte den Kopf auf das Lenkrad. Zur Ruhe kommen. Vier Sekunden ein-atmen, sieben Sekunden aus, elf Minuten lang. So hatte er es beim Achtsamkeitstraining gelernt, 4711-Methode hatte es die Trainerin genannt. Es gelang ihm nicht. Immer schweiften seine Gedanken ab. Ob er wieder bei der Sicherheitskontrolle auffallen würde? Die Peinlichkeit, als sie ihn damals in einen milchverglasten Raum geführt hatten, er musste sich ausziehen, und die Bewaffneten hatten alle Sachen kontrolliert. Das kleine Taschenradio hatte ihren Argwohn erweckt. Wer hatte heutzutage noch ein Taschenradio?

„Haben Sie kein Handy?"

„Doch."

„Also, wozu brauchen Sie dann so etwas?"

Sie hatten es in einen Sprengstoffdetektor gesteckt. Bange Sekunden, bis das grüne Lämpchen aufleuchtete. Das kostbare Messer, Geschenk seines Bruders, hatten sie andermal ebenso unerbittlich in die Abfall-tonne geworfen wie beim letzten Flug den harmlosen billigen Korkenzieher. Er könnte ja jemandem die Augen damit ausstechen. Der spanische Kontrolleur blieb unerbittlich. Das könnte er mit seinen Fingern auch, hatte er gereizt zurückgegeben. Die dazu passsende Geste mit

den Fingern hätte er besser nicht gemacht.
Dass sie ihn eine Stunde verhört hatten, war
Schikane und es hätte nicht viel gefehlt, wäre
die Maschine ohne ihn geflogen. Hatte er alle
Dokumente? Er tastete seine Jackentaschen ab.
In welcher war der dicke Geldbeutel mit den
zahlreichen Karten und Geldscheinen? In
welcher der dünne schwarze? Wo war der
Ausweis, wo das Akkreditierungsschreiben
mit den beeindruckenden Stempeln?

Nein, er habe keine Angst, Flugangst kenne er
nicht. Er merkte dem Arzt die Skepsis an, als
er ihn beim letzten Besuch um ein
Beruhigungsmittel bat.

„Trinken Sie einen Cognac, das bringt Sie
runter. Glauben Sie mir, das hilft, besser als
jedes Medikament", sagte der.

Er trinke keinen Alkohol, hatte er erwidert.
Der Arzt legte ihm ans Herz, vorsichtig zu
sein mit dem Beruhigungsmittel.

„Aber fahren Sie nicht Auto damit. Vielleicht
sehen Sie verschwommen und können nicht so
schnell reagieren."

Während er das Rezept unterschrieb, setzte er hinzu:

„Und trinken Sie auf keinen Fall Alkohol, wenn Sie das eingenommen haben."

„Ich trinke keinen Alkohol", sagte er im Hinausgehen. Hatte er das nicht soeben gesagt, eine Minute zuvor, er trinke keinen Alkohol?

Das Mittel hatte nicht gewirkt, nach dem Aufstehen hatte er es genommen. Er wartete darauf, müde zu werden, ruhiger, nichts. Sein Herz schlug bis zum Hals, er spürte es im Kopf, in den Eingeweiden. Die Hände zitterten unmerklich, sie waren kalt, während die Stirn feucht wurde.

Warum um alles in der Welt hatte er sich für diesen Job entschieden! Er reiste nicht gern, nicht mit dem Auto, nicht mit der Bahn, schon gar nicht mit dem Flugzeug. Seine Abschlussarbeit in der Akademie hatte viel Beachtung gefunden. Der dicke Bildband mit den Naturfotografien machte etwas her und hatte sich im Weihnachtsgeschäft gut verkauft. Warum zum Teufel hatte er damals den Auftrag für eine Reportage und Filmdokumentation über den Oman angenommen! Er war Naturfotograf und kein Kameramann! Das üppige Honorar hatte gelockt und die Möglichkeit, mit einem Schlag in einer Reihe zu stehen mit den namhaften Filmern. So war es gekommen, er war jetzt einer von den Großen. In alle Welt hatten ihn Aufträge geschickt, in die Wälder und an die Strände von Maui, er hatte dem sagenumwobenen Shangri La nachgespürt und Wochen in der Antarktis zugebracht, bei den Wissenschaftlern in der Forschungsstation. Doch sein Herz gehörte dem Kleinen, den unscheinbaren Kostbarkeiten der Natur.

Der Schalter war noch nicht geöffnet, und doch wand sich bereits eine beeindruckende Schlange wartender Passagiere durch die Halle. Miss-gelaunt stellte er sich hinter das Ehepaar mit dem quengelnden Kind. Mehrere Rollkoffer, ein ausladender Kinderwagen und einige Taschen türmten sich auf dem Gepäckwagen, und obenauf hockte das Kind. Weiter vorn erweckte das „Drinking Team" die Aufmerksamkeit, eine Gruppe fünf gut gelaunter Männer mit den gleichen Strohhüten und diesem Aufdruck auf den gelben T-Shirts, der sie als echte Kameraden auswies.

Er nestelte schon mal den Ausweis aus der Jacke mit den vielen Taschen. In der Brusttasche des Hemdes wäre er sofort zur Hand. Der Zeiger auf der großen Uhr bewegte sich nicht. Nur wenn er kurz wegsah, hatte sich der Zeiger um eine Winzigkeit bewegt. Vielleicht sollt er häufiger weggucken, dann verginge die Zeit schneller. Brechts Gedicht über den Radwechsel kam ihm in den Sinn. Er war nicht gern in der Stadt, in der er wohnte und er wäre auch nicht gern dort, wohin man ihn jetzt schickte. Warum also war er ungeduldig?

Er hatte nicht bemerkt, wann der Schalter geöffnet wurde, hatte es den Anderen nachgetan und gedankenlos und wie in Trance mit dem Fuß seinen Koffer vorwärts geschoben, sobald sich wieder eine Lücke vor ihm auftat.

Jetzt war es an ihm, den Ausweis aus der Hemdtasche zu fingern. Gleich würde er ihn der Frau am Schalter reichen. Er hatte die gelbe Linie am Boden erreicht, die ihn gemahnte: Bis hierher und nicht weiter, noch bist du nicht dran. Das Paar vor ihm wuchtete einen Koffer nach dem anderen auf das Band, jeder erhielt einen Aufkleber und verschwand in dem dunklen Loch. Das klammerte sich am Bein der Mutter fest und schrie.

Er war an der Reihe. Die Frau am Schalter begegnete ihm mit der förmlichen Freundlichkeit, wie er sie von den Schalterfrauen sämtlicher Flughäfen der Welt kannte. Sie war groß. Schon im Sitzen war sie groß, breit und ihr Gesicht war rund. Als sie sich erhob und den Schalter verließ, überragte sie ihn, der nicht klein war, um einen halben Kopf. Hässlich war sie nicht, aber keine Frau, die ihn gereizt, die er ohne Zögern bei einer Geselligkeit angesprochen hätte. Mehr als eine Stunde in der Warteschlange und jetzt ging es nicht weiter. Sein Groll wuchs. Wenn sie zurückkäme und sagte ein falsches Wort, könnte er explodieren. Von weitem sahen sie alle gleich aus hinter den Schaltern, dunkelblaues Kostüm, weiße Bluse, gelbes Halstuch. Groß waren sie, klein, schlank, weniger schlank, jung, älter und alle mit dem gleichen hölzernen Lächeln.

Ob er einen Körper betrachtete, ein Gebäude, eine Landschaft, immer tat er es mit der Sicht, die er seinen Motivblick nannte. Er sah die Welt als Perspektive, Beleuchtung, Kontrast, Vorder-, Mittel-, Hintergrund.

Nicht lange, kam die Frau an ihren Platz zurück. Er hatte Ihr Gehen und Kommen mit den Augen verfolgt, wie sie sich niederließ und sich ihm zuwandte. Von ihren breiten Schultern über die ausladenden Hüften hinunter zu den kräftigen Beinen unter dem blauen Rock war sein Blick gehuscht. Ein eigenartiges Gefühl war dabei. Es war nicht der bevorstehende Flug. Er kannte die Welt, und Fliegen war für ihn so spannend und aufregend, wie Brötchen kaufen. Es war auch nicht seine Ungeduld. Er würde sich nie an das lange Warten gewöhnen. Das war es nicht. Es hatte mit der Frau hinter dem Schalter zu tun.

„Bitte schön, treten Sie näher. Haben Sie mich die ganze Zeit angestarrt?"

„Nein, ich bitte um Entschuldigung, wenn es so aussah. Meine Gedanken waren woanders."

„Ihre Unterlagen bitte."

Er musterte er sie erneut, während sie sich auf den Monitor konzentrierte. Ein grobes, ein derbes Gesicht mit markanten Wangenknochen und energischem Kinn. Die dunklen Augenbrauen berührten sich fast. Er hatte als Junge Figuren geschnitzt, grob, und dann hatte ihn die Geduld verlassen. Daran erinnerte sie ihn, wie begonnen und die Feinheiten nicht ausgeführt.

Sie studierte die Formulare, verglich Ausweis und Gesicht, dann hob sie den Kopf und lächelte.

„Ei, du bist das!"

Was meinte sie? Sie nahm seine Verblüffung wahr und lachte.

„Ich bin Annegret."

Noch ein Blick auf den Ausweis.

„Du bist jetzt in Nürnberg? Ich wohne noch in unserem alten Haus."

„Kennen wir uns?" Er hatte die Frau nie gesehen.

„Annegret Buschfeld. Du hast doch in meiner Straße gewohnt."

Sie reichte die Reisepapiere zurück. Die Schlange hinter ihm beschrieb eine Kurve. Sie war nicht kürzer geworden und noch immer stellten sich Leute dazu.

„Agadir, angenehme Reise. Schön, dich mal wieder gesehen zu haben nach so langer Zeit, vielleicht trifft man sich andermal, mach's gut."

Alles hatte sie gleichzeitig gemacht, hatte kontrolliert, Zettel ausgedruckt, dem Koffer eine Banderole umgehängt, ihn auf das Band gesetzt und davon geschickt, mit ihm gesprochen, und war schon über seine Schulter hinweg mit den Augen beim nächsten Passagier.

„Schönen Flug dann, Boarding Gate 16 ab 17 Uhr nach Brüssel, dort um-steigen nach Agadir."

Schon war das Wiedersehen vorüber. Die Szene war im Kasten. Im Weggehen hatte er das Schild auf ihrem Jackett gesehen: Annegret Buschfeld.

Da war noch dieses merkwürdige Gefühl, das vor wenigen Minuten ein-gesetzt hatte, wie eine Ahnung war es gewesen, jetzt spürte er wieder sein Herz schlagen. Irgendwohin, wo es ruhig war! Weg von den Menschen, rasch hindurch durch die Shopping Mall! Wie ihn der Kaufrausch anwiderte, wenn sie sich Vorräten eindeckten, als gebe es kein Morgen.

„Trinken Sie einen Cognac, das hilft."

Vor Jahren hatte er mit dem Rauchen aufgehört. Kurz darauf auch mit Alkohol. Ein Cognac. Vielleicht hatte der Arzt Recht.

„Ein Glas von dem da, bitte."

Und zeigte mit dem Finger auf die Flasche mit dem einladenden Etikett.

Flugsteig 16 war leer. Von hier aus würde er in zwei Stunden fliegen, jetzt musste er nicht mehr suchen. Der Metallstuhl war kalt, das tat gut. Über ihm blinkte eine defekte Leuchtstoffröhre. An-aus-an-aus, dabei klickte es jedes Mal. Er hätte sich wegsetzen können. Sollte sie blinken, er musste ja nicht hinsehen. Er war froh zu sitzen. Seine Augen wanderten zu den wartenden Flugzeugen draußen, zurück zu den Abfällen am Boden, Pappbecher, Schnipsel, Papierservietten, ein Ladekabel.

Annegret Buschfeld. So hatte sie als Kind
schon ausgesehen, er hatte sie nicht erkannt.
Das war ihre Stimme gewesen, dunkler jetzt,
aber der gleiche Tonfall und auch wie sie es
sagte. Annegret. Warum hatte sie nicht gesagt:
„Wir sind doch zusammen in eine Klasse
gegangen", oder: „Wir haben in derselben
Straße gewohnt?" Nein, sie hatte gesagt:
„Du hast doch in meiner Straße gewohnt."
Nicht „in unserer", sie hatte in „meiner
Straße" gesagt. Annegret war damals die
Herrin gewesen. Sie hatte sich nicht verändert.
„Du hast doch in meiner Straße gewohnt."

Mehrere Kisten hatte er vorausgeschickt, vor
einer Woche schon. Ob sie wohlbehalten
angekommen waren? Es war immer dasselbe.
Wieder würde er auf seine Ausrüstung warten,
würde er von einem Schalter zum anderen
geschickt werden, keiner wüsste Bescheid,
keiner würde sich finden, der sie ihm
aushändigte. Und keiner, der eine Sprache
verstand, die er sprach. Warum legte sich die
Erregung nicht! Warum klimperte die
Leuchtstoffröhre so? Hätte schon längst
ausgetauscht sein müssen. Keiner kümmert
sich drum. Die Abfälle vom Boden, warum

waren sie nicht längst beseitigt? Wie er die
Trägheit der Menschen verabscheute.
Wenn sie sich langsam bewegten, ihn nicht
verstanden, er sie nicht verstand.
Oft half nicht einmal Geld. Der Ärger mit dem
Zoll. Diesmal hatte er mehr Scheine dabei.
Tastend vergewisserte er sich, dass das dicke
Portemonnaie noch vorhanden war. Geld
bewegt nun einmal die Welt. Beim letzten Mal
war eine Kiste verschwunden. Ob es gut war,
das große Stativ zu Hause zu lassen?
Vielleicht wäre es für den Wüstensand doch
besser geeignet als das kleine handliche. Es
würde nicht so leicht einsinken. Gewiss hätte
die Handkamera ausgereicht. In der Hitze
müsste er sich mit der großen abschleppen. Du
mit deinem Perfektionismus. Sollten sie ihn
doch belächeln. Ohne sein Streben nach
Vollkommenheit wäre er nicht hier. Er wäre
nicht hier; wo wäre er dann? In zwei Tagen
sollte er zu der Forschergruppe stoßen. Er
würde ihre Ausgrabungen mit der Kamera
dokumentieren. Er würde eine Berbersiedlung
aufsuchen. Hoffentlich hatte er das
Empfehlungsschreiben nicht vergessen! Nein,
er hatte es nicht nur einmal überprüft. Das

würde ihm die Möglichkeit eröffnen, auch auf einem Berberfriedhof zu drehen.

Fehlte auch nur ein Teil der Ausrüstung, könnte das Projekt scheitern. Vielleicht waren Objektive und Filter schlecht ausgewählt, vielleicht hatte er auch die Sonne falsch eingeschätzt. Warum diese Zweifel? Er war doch schon in aller Welt gewesen; nichts könnte ihn überraschen. Die erste Reise mit der neuen Kamera. Wäre sie der Hitze gewachsen? Immer die gleichen Fragen und Zweifel. Hunderte Male war er gereist, selten war alles glatt gegangen, und hatte doch jede Widrigkeit gemeistert. Myanmar war das Schlimmste. Mit Gruseln sah er es vor sich, das dreckige Loch mit dem nassen Boden, in das sie ihn zwei Tage gesperrt hatten. Moder, Ratten und Milben. Nachts waren die Wanzen über ihn hergefallen. Die juckenden Stellen hatten ihn über Wochen gequält, die Narben waren noch sichtbar. Er hätte in einen verdreckten Eimer scheißen müssen, aber es ging nicht. Er konnte nicht.

Wie wohltuend war es allein in der Halle. Abgelegen wie sie war, kamen wenige Leute vorbei, das Stimmengewirr war fern, die undeutlichen Lautsprecherdurchsagen galten nicht ihm.

Die Leuchtstoffröhre blinkte. Er zählte mit. An, aus, an, aus, an, zwei Sekunden, ganz regelmäßig, und jedes Mal klickte es. Wie seine große Standuhr zu Hause. Ihr gleichmäßiges Ticken brachte ihm Ruhe. An, aus. Rot sah er das Blinken durch die geschlossenen Lider. Es lullte ihn ein und die Anspannung schwand. Dann sang es in ihm im Rhythmus der Lampe. „Ce-ci-de-runt in pro-fun-dum," und immer wieder „ce-ci-de-runt in pro-fun-dum." Elf Jahre mochte er gewesen sein. Er sah sich am Bühnenrand, als Kleinster im Chor, ganz vorn am Rand sang er das Solo, und alle waren gerührt. Und mit einem Mal sang es in ihm „An-ne-gret-an-ne-gret."

Annegret und Evelyn, zwei Mädchen aus seiner Klasse, an mehr erinnerte er sich nicht. Ann-ne-gret-E-ve-lyn, machte es, wie seine Stand-uhr.

Weiber sagten sie damals, als Jungens, und sie legten alle Verachtung, derer sie fähig waren, in dieses Wort. Weiber. Mit zehn Jahren taten sie geringschätzig und leugneten die

Bewunderung für das Geheimnis, das die Mädchen umgab.

Spielerisch kneift ihn Evelyn in die Brustwarze, sehr schmerzhaft, er schreit. Doch dann legt sich etwas über den Schmerz, ein unbekanntes Empfinden, wohliges Frösteln den Rücken hinter, dann im Bauch, ganz unten, an einer Stelle, die er sonst zum Pinkeln braucht, wird er zur Lust, der Schmerz. Evelyn trägt ihren Namen wie ein Diadem, sie gibt die Prinzessin. Evelyn, die stolze Schöne, die Unnahbare. Ihm als Einzigem gönnt sie bisweilen ein kleines Lächeln. Es bleibt ihr Geheimnis, wie sie es meint. Nachmittage lang streicht er um ihr Haus, begierig, sie zu sehen. Morgen wird sie wieder in der Schule sein, wie alle Tage. Welches Sehnen treibt ihn? Der weiße Mercedes ihres Vaters nähert sich, biegt ein durch das Tor. Evelyn sitzt nicht darin. Lastwagen fahren hin-ein auf den Hof der Getränkehandlung, laden die Fuhre ab, Flaschen klirren. Mit einem Mal tritt sie aus dem Tor, wendet sich in die andere Richtung, den weißen Schäferhund an der Leine. Er wird wieder an dieser Ecke stehen und eines Tages wird sie in seine Richtung gehen, sie würden sich begegnen. Und dann? Vor diesem Augenblick ist ihm bang.

Annegret wohnt oben an der Straßenecke. Vom Fenster aus sieht er sie kommen. Sie klingelt nicht, dann ist sie vorbei, und wenn sie unten um die Ecke biegt, verlässt er die Wohnung. Nie geht er voraus, mit langen Schritten hätte sie ihn eingeholt. Selten sieht man sie gemeinsam zur Schule gehen.

Wo kommt sie auf einmal her, sitzt neben ihm? Er hat ihr Kommen nicht bemerkt. Sie muss sich eilends umgezogen haben. Das helle Leinen-kleid umgibt sie locker. Ohne das gelbe Tuch ist ihr Hals schön, und die schlanken Beine in den Sandalen streckt sie weit von sich. Sie scheint nicht zu merken, wie er sie eingehend mustert. Das glänzende Haar verlockt ihn. Hineingreifen, die Fülle spüren, die Nase darin versenken. In weichen Wellen umfließt es das reizvolle Gesicht, eine Erscheinung wie aus alter Zeit, eine Göttin des Films zwischen Edelstahl, Kunststoff und Leuchtstofflicht. Indem sie ihren Kopf zu ihm neigt, legt sich ihre Hand beiläufig auf seine. Es ist nur ein Hauch.

„Come sei bella", sagt er. Wie schön du bist, diesen Satz beherrscht er in allen Sprachen.

„Ich komm einfach mit, weißt du? Ich trage die Koffer, ich wechsel die Filme, ich mach die Beleuchtung. Abends bei den Beduinen sitzen wir am Boden im Kreis, und von der großen Schale in der Mitte essen wir mit der Hand."

„Du bist immer noch so, Annegret. Du bittest nicht, du fragst nicht, du beschließt einfach. Ja, komm mit."

„Mit mir sind alle Probleme klein, weißt du das nicht mehr?"

„Erinnerst du dich an meinen Streit mit Roland?" fragt er und zugleich gleiten seine Augen über diese anmutige Frau. Sie lacht leise.

„Ich bin dazwischen gegangen, als ihr euch geprügelt habt, hab ihm auf die Backe gehauen, und sein letzter Milchzahn war draußen."

„Du kommst jetzt wirklich mit?"

„Ja, und weißt du, wir filmen zusammen, und auf dem Abspann kann je-der lesen „Annegret Buschfeld, Regieassistenz."

Sein Blick fällt auf die schwarze Umhängetasche; sie bemerkt es.

„Ist das die Narbe?" fragt sie und nähert ihren Finger dem weißlichen Strich unter seiner Nase.

„Du hast deinen Ranzen nach mir geworfen. Das ist geblieben von meiner gespaltenen Lippe."

„Das war ich. Ich musste dich manchmal quälen. Meine Güte, warst du klein, so dünn und schwächlich, gar kein richtiger Junge, das hat mich geärgert."

„War das der Grund mich zu schlagen?"

„Ich musste dich herausfordern, ich wollte, dass du dich wehrst. Des-halb hab ich auch deine Schiefertafel zertreten. Und dann hast du bei uns in der Küche gesessen und geheult. Wie hab ich dich verachtet da. Meine Mutter hat dir Kakao gemacht."

„Du warst größer als wir alle."

„Ich war ein richtiges Pferd. Ich war stärker als ihr. Wieso bist du nicht mit mir den Schulweg gegangen? Du hast immer gewartet, bis ich vorbei war."

„Ich hab mich gefürchtet vor dir."

„Beim Sport habe ich dich in meine Mannschaft geholt, erinnerst du dich? Du solltest nicht mit Evelyn spielen, der Ziege, ich war eifersüchtig und wollte nicht, dass du es merkst. Jeden Nachmittag warst du bei der Bierhandlung. Glaubst du, das habe ich nicht gesehen?"

„Ich bin glücklich, dass du jetzt hier bist, Annegret. Du bist kein Pferd. Du bist eine schöne Frau. Du bist groß. Alles an dir ist groß und schön oder schön und groß. Come sei bella. Und du kommst mit nach Agadir."

„Ich mit dir und du mit mir, wir vier nach Agadir."

„Wieso vier?"

„Ich mit dir sind zwei und du mit mir sind zwei, macht vier, und damit es sich reimt."
Sie kichert durch die Nase.

Zart berührt sie seine Schulter, ganz leicht.

„Nochmal bitte!"

Damals war ihre Gunst trügerisch gewesen. Jetzt sitzt sie hier, neben ihm, wie selbstverständlich, als wäre es nie anders gewesen, berührt ihn sacht, er spürt ihre Wärme. Diese schöne Frau, wie er sie begehrt.

„Lass uns nach Hause gehen, Annegret, wir müssen nicht weg."

Wieder berührt sie ihn.

„…nach Brüssel? Ich bin auch zu spät dran. Kommen Sie, wir sind die beiden Letzten. Alle anderen sind schon drin. Am Schalter packen sie zusammen. Die fliegen auch ohne uns."

Er schreckte hoch. Annegret? Über ihm plinkerte unermüdlich die Lampe.

Was wollte der Mann von ihm? Kurze Hosen, Khakihemd, in der Hand einen hellen Hut. Mit dem tippte er noch einmal an seine Schulter und wiederholte:

„Die nach Brüssel sind alle schon drin."

„Agadir", sagte er. Das Sprechen fiel ihm schwer, die Zunge gehorchte kaum.

„Agadir", wiederholte er mühsam. Der Andere sollte ihn in Ruhe lassen.

„Ich reise auch nach Agadir. In Brüssel müssen wir umsteigen. Kommen Sie!"

Benommen und schwerfällig gehorchte er, erhob sich von seinem Sitz. Die Flugzeuge draußen, der Mann, alles war wie im Nebel.

Annegret war verschwunden.

Warum gehorchten die Beine kaum? Und seine Augen, seine Zunge, was war mit ihnen?

„Mann, haben Sie was getrunken? Fehlt Ihnen was? Kommen Sie, ich helfe Ihnen, nicht dass Sie noch stürzen."

Wenige Stunden noch, dann würde er seine Ausrüstung suchen. Ob wieder etwas fehlte? Die Geldscheine müssten reichen, auch für die Zollbeamten.

Dixi

Wolfgang war spät dran. Eigentlich dürfte er nicht mehr am Steuer sein. Aber es war so gut gelaufen. Es sah noch nicht so aus, als käme bald der Winter. Die Leute saßen kurzärmelig in den Straßencafés. Er hatte sich dazugesetzt, bevor er in Lyon bei strahlendem Sonnenschein aufgebrochen war. Im Laderaum des Transporters stapelten sich die Kartons des großen Pharmaunternehmens bis zur Decke. Was darin war, interessierte ihn nicht. Er transportierte alles. Für ihn zählte Zeit. Hauptsache, es ging zügig vonstatten und er war bald wieder auf der Straße. Kam nichts im Radio, liefen die Sachen von Johnny Cash. Trucker hörten Johnny Cash, er auch. Anfangs blendete die tief stehende Sonne, aber Ende November käme bald die Dämmerung. In wenigen Wochen wäre er mit Rita auf den Kanaren. Weihnachten verbrachten sie immer irgendwo in der Ferne. Wolfgang hatte die vorgeschriebenen Ruhezeiten nicht eingehalten und war einfach gefahren. In der vergangenen Nacht nach Lyon, was essen, während sie aufluden, dann zurück nach Hause. Es lief doch gut. Wenn nicht der lange Stau bei Dijon gewesen wäre. Eine Baustelle, die auf der Herfahrt noch nicht existierte. Drei Stunden, Meter für Meter. Darüber war die Nacht hereingebrochen. Dann kam auch der heftige Wind auf, der angekündigt war. Der deutsche Radiosender hatte vor Sturm gewarnt und vor Regen und eingeschränkter Sichtweite. Nicht immer hielt ihn Musik wach. Nachrichten, Swing Time mit Bill Ramsey ging ja noch. Er drehte das Radio lauter. Damit der Fahrtwind die Müdigkeit aus seinem Kopf blies, streckte er ihn aus dem Seitenfenster, manchmal half das für kurze Zeit. Heftiger Regen peitschte ihm ins Gesicht, und auf einen Schlag sah er nichts mehr durch die Brille. Nur ein Gedanke, nach Hause bei diesem Dreckswetter, duschen und ins Bett zu Rita. Eine verlockende Vorstellung, aber damit müsste er bis zum nächsten Abend warten. Er würde es machen wie immer, wenn er nachts zurückkam, sich vorsichtig ins Haus schleichen, ins Gästezimmer und sich geräuschlos hinlegen. Duschen oder Badewanne schlug er sich aus dem Kopf. Aufs Klo dürfte er noch, aber nicht spülen, denn würde sie wach, wäre der Teufel los. Es gab nichts Heiligeres als Ritas Schlaf. Sie kannte kein Erbarmen, nicht einmal, wenn er nach Mitternacht abgekämpft in den Hof fuhr. Um diese Zeit würde er Rita nicht mehr anrufen. Er könnte sie erreichen, aber er dürfte es nicht. Einmal, ein einziges Mal hatte er es gewagt. Es musste schon jemand gestorben sein, zumindest schwer erkrankt. Auch den Hauptgewinn in einer Lotterie hätte sie gelten lassen.

„Ich werde ungemütlich, wenn mich jemand aus dem Schlaf reißt."

Rita wurde nicht ungemütlich, sie wurde zur Furie.

„Das hab ich von meiner Mutter."

Nein, solche Wutausbrüche kannte er bei ihrer Mutter nicht. Rief die jemand zu nächtlicher Stunde an, sagte sie nur: „Du bist enterbt" und legte auf. Wolfgang wäre erst weit nach

Mitternacht zu Hause. Er verkniff sich den Griff zum Telefon, so sehr es ihn auch in den Fingern juckte. Noch eine Stunde, Schatz, dann bin ich bei dir, würde er sagen. Sie sollte doch wissen, dass er bald käme und sich auf ihn freuen. Andere Frauen würden sich Sorgen machen. Nicht Rita. Sie schlief. Er hatte mal versehentlich einen Hund aus dem Schlaf gerissen. Der Hund hatte erschrocken nach ihm geschnappt. Lieber doch nicht anrufen, Rita würde nicht nur schnappen.

„Ruf sie doch einfach an!"

Wie oft hatte er diesen Rat von Kollegen gehört, wenn er sich wieder einmal verspätete. Rita anrufen?

„Du weißt nicht, wovon du sprichst."

„Meine ruft mich immer an, wenn ich unterwegs bin, ob ich nicht bald komme."

Er hatte Sehnsucht nach ihr und kämpfte entschlossen gegen den Sturm an. Der schüttelte den Transporter und drohte ihn von der Straße zu fegen. Die Wischer bewältigten den Regen nicht mehr.

Dreimal Pause seit Lyon, jedes Mal etwas gegessen und getrunken, der Magen war voll und spannte. Er wurde praller und erschwerte das Atmen. Der Gürtel schnürte ihn ein, und darüber hing der Bauch herab. „Egal, wie dick du noch wirst, ab jetzt kannst du immer dieselbe Hosengröße tragen. Was nicht reinpasst in die Hose, hängt einfach drüber."

Wie oft hatte sie das schon gesagt. Er drehte am Radio, der Empfang war nicht gut, stellte es lauter. Gegen den Sturm kam es kaum an, und der Regen trommelte gegen das Blech. Er sah nicht, wie tief die Pfützen waren, wie weit es spritzte, wenn er hindurch fuhr. Jetzt nicht noch einschlafen! 120 Kilometer, anderthalb Stunden sonst, aber bei diesem Wetter bestimmt bis zum Morgen. Warum gibt es für Autos keinen Leitstrahl? Er würde sich quer legen und zu Hause aufwachen. Ausgerechnet der linke Scheibenwischer schmierte und schob die Schlieren hin und her. Aber darauf kam es jetzt nicht mehr an, er sah ohnehin kaum etwas. Ganz selten kamen Scheinwerfer entgegen, dann war es wie eine grellweiße Wand. Ein Fußgänger auf der Straße hätte keine Chance. Bei dem Wetter ging bestimmt keiner raus. Der Sturm rüttelte an dem schweren Auto. In den Waldstücken war weniger Wind, dafür lagen Äste herum.

„Für alle, die bei diesem Wetter noch unterwegs sind, spielen wir jetzt „Thunder Road" von Bruce Springsteen", sagte die Stimme im Radio. „Wir wünschen allen eine sichere Fahrt, kommen Sie gut an!"

Eine Bö kam von links, rechts war der Graben, er lenkte gegen, kam von der Spur ab, das Dröhnen der Hupe klang noch lange in seinem Ohr nach, um Haaresbreite hatte er den entgegenkommenden Sattelschlepper verfehlt. Sein Kreuz war steif. Vierzehn Stunden schon on the road. Ohne den langen Stau in Dijon wäre er längst daheim. Er dehnte den Rücken, stand im Fahren auf.

„Wir unterbrechen nochmal für eine Warnmeldung. Mit schwerem Sturm ist zu rechnen und stellenweise Orkanböen, vereinzelt Regen." Er schlug auf das Autoradio ein.

„Vereinzelt Regen, du blöde Tante! Komm her und guck, wie es schüttet."

Nicht nochmal Aquaplaning. Das eine reichte ihm. Damals bei Camberg, wo es den Berg runtergeht, dreimal hatte er sich gedreht. Vor dreißig Jahren, damals war die Autobahn noch leer. Bis Camberg 70 Kilometer, dann nochmal 50.

„Wir unterbrechen für eine Verkehrsdurchsage", sagte das Radio und gab den Rat, den Stau weiträumig zu umfahren. Ob er einen Kilometer lang den Atem anhalten könnte? Nicht mal zwanzig Sekunden, schon musste er Luft holen. Ich guck einfach nicht mehr auf den Tacho. Nur drei Kilometer mehr. Er stemmte sich mit den Händen gegen das Lenkrad, streckte die Arme, machte eine Faust, ständig gähnen jetzt, die Augen laufen. Walter hat ein Auto, das erkennt, wenn er müde ist und nervt, dann die ganze Zeit. Zum Glück nervt meins nicht. Er verschränkte die Hände hinter dem Kopf und lenkte mit den Knien. Jetzt den Rest der Strecke ohne Hände am Steuer fahren, nur mit den Knien lenken, das wär was. Weltmeisterschaft im Knielenkenfahren, ich wär dabei. Wenn der Bauch nicht so voll wäre! Warum hab ich bloß so viel gefressen! Immer wenn ich müde werde, muss ich was essen. Rita sagt, ich soll nicht so viel essen unterwegs.

„Jedes Mal, wenn du zurückkommst, bist du dicker."

Schade, dass Sandra weggezogen ist. Wir wären noch zusammen. Die hat nie was über meinen Bauch gesagt. Den Gürtel auf und den Bund-knopf, vielleicht ist es so leichter. Rita sagt, sie hätte ein gespanntes Verhältnis zu ihren Hosen, dabei ist sie ganz schlank. Seit ich sie kenne, nörgelt sie an ihrer Figur herum.

„Findest du nicht, obenrum sollte ich mehr haben? Mein Hals wird faltig. Ich krieg ein Bäuchlein. Guck mal, hängt mein Hintern?"

Dann muss ich sagen, wie großartig ihr Körper ist. Ich sage dann „du hast noch denselben Luxusbody wie am Anfang." Erst dann ist sie zu-frieden. Es drückt immer noch. Nicht mal einen fahren lassen kann ich, geht einfach nicht. Rita schimpft, wenn ich im Bett furze. Soll ich denn jedes Mal aufstehen? Das versteht sie nicht. Rita furzt nie. Er streckt den Rücken durch, beugt sich nach vorn, verdammt ist das unangenehm. Hähnchen in Rotwein mit Pommes und Erbsen. Lecker war's aber. In die Fernfahrerkneipe bei Besançon gehe ich jedes Mal. Besançon? Quatsch, über Besançon bin ich gar nicht gekommen, ich bin über Dijon, da war doch der Stau. Besançon war letztes Mal. Das sind die Erbsen, petits pois sagen die Franzosen, jetzt kann ich das auch aussprechen. Oder später der Apfelstrudel. Zum Glück reicht der Sprit bis nach Hause. Scheiße, erst 20 Kilometer weiter, wie sich das hinzieht. Warum bringen die nicht bessere Musik? Um die Zeit spielen sie immer Sachen, bei denen man einschläft. Wahrscheinlich für Leute, die nicht schlafen können. Ich will aber nicht schlafen. Früher haben sie Hits gebracht, die konnte ich alle mitsingen, heute noch kenn ich die alle, aber bei dem Scheiß heutzutage wird man bloß müde. Ich bin schon müde genug. Das elektronische Zeug und die Bässe, bum bum, alles dasselbe. Nummer eins in den Charts, die Namen heute sagen mir nix mehr. Es hört sich alles gleich an. Alle singen sie von Seelenschmerz, als ob sie mit zwanzig schon ihr Testament machen, oder dass sie ihren Papa so liebhaben. Wenn ich die Stimmen schon höre. Gleich fangen sie an zu heulen. Aber um die Zeit gibt's nichts anderes, auf allen Sendern dieselbe Musik. Warum spielen sie nicht Jefferson Airplane oder Queen? Vielleicht sollte ich mal hinschreiben. Lauter drehen das Radio, es kommt eine Mitteilung. Bäume auf der Fahrbahn, sagen sie. Die reden so schnell, so schnell kann ich gar nicht zuhören. Hoffentlich nicht auf meiner Strecke. Der Wind ist zum Glück nicht mehr so stark. Wenn nicht der verdammte Regen wäre. Als ich losgefahren bin, war noch Sonnenschein. Zwanzig Grad im November, wo gibt's denn sowas! Nicht so toll, wenn die Sonne blendet. Aber immer noch besser als das hier. Das Schild! Hätte ich jetzt rechts abbiegen müssen? Warum hab ich auch noch kein Navi? Alle haben Navi. Ich nicht, ich komm ohne aus, da bin ich stolz drauf. Ich brauch das nicht, Wolle kennt jede Straße.

„Du bist blöd, Wolle, mit Navi fährt sich's leichter."

Ja, ihr braucht das, ich nicht, ich kann euch jeden Ort aufzählen, durch den ich fahr, der Reihe nach, einen nach dem anderen. Los frag mich einfach was. Gisela war eine tolle Beifahrerin, die war oft mit. Immer den Atlas auf den Knien. In einem Kilometer rechts und dann die zweite links. Auf die war Verlass. Bloß damals, bei Eisenach, hat sie mich stundenlang im Kreis herumgeführt. Da hat Luther gewohnt. Hat der nicht einen Pantoffel nach dem Teufel geschmissen? Gisela hat behauptet, ich hätte sie geschlagen, das sagt sie heute noch. Ob sie immer noch mit dem Typen von der Raststätte zusammen ist? Ich würd auch gern mal in den Norden fahren. Da komm ich selten hin, zu wenige Aufträge da oben. Ich würd mal vorbeigucken bei ihr. Wo ist die nochmal? Vechta? Nee, Vechta, das war Claudia. Ich hab's irgendwo aufgeschrieben, kann aber sein, Rita hat den Zettel weggeschmissen. Ich muss sie fragen. Verdammt, was drückt der Bauch. Vielleicht sollte ich mal aufs Klo. Auf der Autobahn haben die immer auf, die Waschräume sind auch gut, ich dusch da gern. Ich sammel die Gutscheine. Sanifair-Bon nennen die das. Du schmeißt einen Euro rein und kriegst siebzig Cent als Papier zurück. Das nennen die Gutschein. Für zehn Stück krieg ich ein Fischbrötchen und einen Kaffee. Die Klos auf den Parkplätzen sind immer verdreckt.

Meistens sind sie zu. Dann schiffen die gegen die Wand. Ich mach das nicht, das ist ne Sauerei. Hier hat ja alles zu. Alle Kneipen dicht. Vielleicht geh ich in den Wald. Besser nicht bei dem Sturm. Gleich kommt ein Ast runter. Im Hunsrück ist damals der Baum über die Straße gekracht. Hätte ich nicht gezögert, wär ich jetzt weg. Rums, kam der Baum runter. Wär ich weitergefahren, hätte er mich glatt erwischt. Schwein gehabt damals. Wann kommt denn der Wald. Bei der Finsternis siehst du nicht mal, ob du im Wald bist oder draußen. Ich könnt mich auch an den Straßenrand hocken, kommt eh keiner vorbei. Aber bis ich fertig bin, bin ich nass. Fernlicht bringt auch nichts bei dem Regen, das macht alles weiß. Nebellicht auch nicht besser. Die schalten bei den ersten Tropfen schon die Nebellichter an. Dabei dürfen die dann nur fünfzig fahren. Hält sich kein Mensch dran. Rita könnte ruhig auch mal mitfahren und die Karte lesen. Die könnte mich unterhalten, da bräucht ich nicht das scheiß Radio. Nein, die muss dreimal die Woche zum Frauensport. Und ich fahr allein durch die Gegend. Bauch, Beine, Po, wenn ich das schon höre. Ich kann mir nicht mal eine

Frau hier reinholen, so zum Spaß. Alles zu eng in dem Transporter. Manchmal beneide ich die in den Trucks. Die Koje ist groß genug, da passt noch jemand rein. Fernsehen haben die und Standheizung. Kühlschrank auch. Die Frauen bieten sich an. Ich hab gesehen, wie sie an die Tür von den Trucks klopfen. Ist glaub ich verboten, aber schert sich keiner drum. Die Fahrer wollen ja auch mal Abwechslung. Aber tauschen möchte ich nicht. Das ganze Wochenende auf dem Rastplatz stehen, bis du weiterfahren darfst, nee, nichts für mich. Was machen die Kerle die ganze Zeit, wenn sie nicht fahren dürfen? Saufen, Porno gucken und wichsen. Sind ja jetzt auch Frauen am Steuer. Viele habe ich noch nicht gesehen. Und was machen die? Tun die sich mit den Kerlen zusammen? Ich sollte mal fragen. Ist mir ja eigentlich egal. Dieser verdammte Regen! Und der scheiß Sturm, wieder stärker. Rita schimpft, wenn ich immer Scheiße sag. Sie sagt „fuck", auch nicht besser, ich find das blöd. Alle sagen jetzt fuck, bei jeder Gelegenheit. Rita auch. Ob ihr was runtergefallen ist, ob sie zu spät kommt, ob sie was sucht, immer fuck, fuck, fuck. „Fuck, ich muss noch einkaufen." Als wenn sich das besser anhören würde. Ich kann nicht mehr, ich bin so fertig. Jetzt mach ich einfach die Augen zu, egal. Wolle, du spinnst, dann schläfst du ein! Du machst sie nicht wieder auf, nie mehr! Gestern war auch so ein Sturm. Wo war das gleich mit dem Lastzug, der auf der Seite lag? Der hatte lebendige Hühner drin. Immer noch fünfzig Kilometer. Nächstes Mal muss Rita mitkommen, sonst such ich mir eine andere. Ich bin erst einmal eingeschlafen. Mensch, das ist lange her, da gab's die Autobahn von Paris noch nicht. War kein Wunder, zwei Tage ununterbrochen auf der Straße. Das war ein Ritt, nur mal zwei Stunden gepennt. Verdammt, das war knapp gerade. Ein Reh, oder? Muss ein Reh gewesen sein. Wildschwein war's nicht. Vor einem Monat ist der Silvio tot gegangen. Dem ist ein Hirsch reingesprungen und mit dem Geweih in seinen Hals. Der ist verblutet. Der eine Unfall mit dem Reh damals reicht mir. Bis die Polizei gekommen ist. Stundenlang warten nur wegen der Bescheinigung für die Versicherung. Diesmal würde ich weiterfahren, da kenn ich nichts. Ich muss anhalten. Bis zu Hause schaff ich das nicht mehr. Bei der nächsten

Gelegenheit. Ich muss ganz dringend. In den Wohnmobilen haben sie ein Klo. Aber benutzen tun sie es doch nicht. Umständlich das Ausleeren hinterher. Wenn ich doch wenigstens auf der Autobahn wäre. Beselich. Da war doch neulich die Baustelle, da bin ich von der anderen Seite gekommen. Oh, das war knapp! Warum machen die die Straßenschilder nicht fest? Fliegt alles rum. Sieht man erst im letzten Moment. Beselich, noch vier Kilometer. Da ist die Baustelle, das weiß ich genau, da bauen sie doch schon ewig. Und da haben die auch ein Klohäuschen. Genau, das hab ich gesehen. Blauweiß. Dixie. War das Dixie oder Toi Toi? Toi Toi sind doch die Grünen. Dixie ist blauweiß. Oder blau? Oder grünweiß? Was sind denn die Roten für welche? Wieso heißen die Dixie? Ist das nicht ein Tanz? Vielleicht, weil du mit dem Arsch wackelst, wenn du davorstehst und es sitzt schon einer drauf. Frauen gehen nie auf ein Dixie. Das ist denen zu eklig. Ist ja auch eklig. Mir hat eine erzählt, die stellen sich auf die Brille. Die setzen sich nicht drauf, die denken, sie holen sich was. Wehe, das Häuschen ist nicht offen. Ich brech das Schloss auf, das wär mir egal, da kenn ich nichts. Warum schließen die das denn zu? Haben wohl Angst, da über-nachtet einer drin. Oder klaut was. Was gibt's denn in einem Scheißhaus zu klauen? Ist ja nicht mal Papier drin. Zum Glück hab ich die große Zange dabei. Licht gibt's ja keins. Aber den Topf find ich auch im Dunkeln. Das Handy hat eine Lampe. Klopapier brauch ich nicht. Jetzt auch egal. Früher haben die auch kein Klopapier gehabt. Seit wann gibt's eigentlich Klopapier? Haben die früher einen Lappen genommen. Einer für alle, alle mit einem. Wie hieß die noch? Die hat erzählt, in einer Kneipe hat sie mal nach Klopapier gefragt. Die hatten keins, und da haben sie ihr einfach ein Stück Papier von einem Zementsack abgerissen. Zement möchte ich nicht am Arsch haben. Die Römer hatten schon Wasserspülung. Kann ich mir gar nicht vorstellen. Mein Opa hatte keine Wasserspülung. Der hatte das Häuschen im Garten. Klopapier hatte der auch nicht. Hat immer die Zeitung kleingeschnitten und die Papierstücke auf einen Nagel in der Wand gespießt Die Römer hatten auch Sklaven. Die mussten sich im Winter auf das Klo setzen und so lange sitzenbleiben, bis ihre Herren mussten.

In Frankreich haben sie manchmal noch Löcher im Boden. Wenn einer dick ist, kann er nicht richtig zielen, der sieht das nicht. In Frankreich gehen die Klotüren nach innen auf. Wenn du das nicht weißt, überschwemmt es dir beim Spülen die Füße, weil du nicht schnell genug rauskommst. Ich wird Rita sagen, sie soll mir auch das Klo vorwärmen, wenigstens im Winter. Das führ ich jetzt auch ein. Aber ich glaub, das macht die nicht. Am besten nachts. Rita, steh auf, los, aufs Klo, in zehn Minuten muss ich. Sonst such ich mir eine andere. Die würd mir was erzählen. Vielleicht soll ich mir sowieso eine andere suchen. Rita liest ja nicht mal die Karte, Bauch, Beine, Po, wenn ich das schon höre. Wann kommt denn das verdammte Klo? Ich halt das nicht mehr lange aus. Nicht dran denken, Arsch zusammenkneifen, langsam atmen. Rita könnte das bei ihrem Training. Die könnte sogar Nüsse knacken mit ihrem Hintern. Sagt sie jedenfalls. Aber Kokosnüsse auch nicht. Verdammt, war das ein Stein? Hoffentlich keinen Platten jetzt. Arsch zusammen-kneifen. Nicht daran denken. Leicht gesagt. Es wird Zeit, dass ich raus komm. Mensch, wann kommt denn das verdammte

Klo? Endlich! Raus! Scheiße, mitten in die Pfütze. Ach egal. Ich bin gleich zu Hause, da zieh ich die nassen Sachen aus. Jetzt könnte der Mond scheinen. Man sieht ja nichts. Ich lass die Scheinwerfer an. Die schließen wirklich die Tür nachts zu. Mit der Zange krieg ich sie auf. Na, das ging ja einfach. Meine Güte, das stinkt! Ob die das auch mal leeren? Müssen sie ja. Die hängen die Häuschen einfach an einen Kran und nehmen sie mit. Und wenn gerade einer auf dem Topf sitzt, nehmen sie den auch mit. Und dann stellen sie ein neues Häuschen hin. Freiwillig würd ich da nie rein. Aber jetzt egal. Ich lass die Tür auf. Alles egal, Hauptsache, mein Bauch tut nicht mehr weh. Au, verdammt. Das war die Tür. Die Tür ist zu, das war der Sturm. Dann ist eben die Tür zu. Die paar Minuten halt ich's auch so aus.

O Mensch, das tut gut. Das war in letzter Sekunde. Ich hätte mir in die Hosen geschissen. Ganz schön kalt hier drin. Ich bin zu lange gefahren. Hinterher bin ich immer ganz wackelig auf den Beinen, wenn ich aussteige. Dann schwank ich die ersten Schritte. Aber so geschwankt hab ich noch nie. Und das im Sitzen. Im Sitzen schwanken? Das ist ja wie auf dem Schiff. Vor drei Jahren in der Karibik. Da sind wir mit dem Boot raus, Wale gucken. Ja, genau, das hat's auch so geschwankt. Hab ich da gekotzt? Weihnachten auf die Kanaren. Eh, Scheiße, was ist das denn? Kippt das Ding? Das soll nicht nach vorn kippen, nicht auf die Tür! Ich komm nicht mehr raus, wenn das auf die Tür fällt. Hilfe! Au, mein Kopf! Ich krieg so leicht Nasenbluten. Meine Brille! Wo ist meine Brille? Doch auf die Tür gefallen. Jetzt läuft die ganze Suppe über mich drüber. Ich komm nicht mehr raus und ersauf in der Scheiße. Wie soll ich mich denn hier bewegen. Vielleicht kann ich durchs Dach raus. Notausgang. An so was denkt keiner. Aber den Verbandkasten kontrollieren sie jedes Mal, wenn sie einen anhalten. Zum Teufel! Gleich kotz ich. Das halt ich nicht lange durch. Das glaubt mir keiner, so auf Knien und Ellbogen in der Scheiße liegen. Jetzt ein Selfie machen. Die machen heute von allem Fotos. Fotografieren ihr Essen und schicken die Bilder rum. Wenn ich mich wenigsten aufrichten könnte. So kann man ja nicht mal denken. Ekelhaft, alles ist nass. Fango, wenn's warm wäre, nur dünner. Der Bauch auch, die Ellbogen, die Hände. Ob die Desinfektionsmittel in das Klo kippen? Das zerfrisst mich, und dann finden sie nur noch die Knochen. Der hat aber lange gebraucht, heißt es dann. Dann holen sie die Spurensicherung. Spusi sagen sie im Tatort, ruf die Spusi. Eigentlich auch ein schöner Name. Was ist das für Zeug, das um meine Hände schwimmt? Im Meer hat sich's auch so angefühlt. Da waren's Algen. Und Quallen. Hier drin gibt's keine Algen. Süßwasseralgen vielleicht. Süß ist das nicht. In China essen die Quallen. Ich muss mich hinlegen, so halt ich das nicht aus. Dauerliegestütz. Ich fall gleich mit dem Gesicht rein. Stillhalten, sonst mach ich Wellen. Hätt ich doch in die Hosen geschissen, dann wär ich bald zu Hause. Hätt ich, hätt ich. Der Steinbrück ist auch ein blöder Sack mit seinem Hättehättefahrradkette. Mein Handy ist weg. Das hat ein Licht, da könnt ich wenigstens was sehen. Meine Brille ist auch weg. Ich brauch mein Handy, da sind die Termine von morgen drauf. Morgen Belgien, oder übermorgen? Und morgen wieder Frankreich? Ich muss die Ladung noch abliefern. Und wieder einladen, das schaff ich nicht. Wenn ich mich zur Seite werfe, kann ich das Häuschen umkippen und dann komm ich raus. Luft holen, noch mal, bei drei. Eins, zwei drei. Aussichtslos, viel zu schwer das Ding. Toi Toi ist das, kein Dixie, ich hab's im Scheinwerferlicht gesehen. Oder doch Dixie? Die Scheinwerfer sind ja noch an, Aber man sieht nichts hier drin. Ich hab mal in einem gesessen, da war das Dach weiß, da kam die Sonne durch. Das war beim Marathon in Mainz. Da gab's erst viel zu wenige von den Klos. Und dann kam die Durchsage von dem Rennleiter. Heißen die Rennleiter? Egal. „Habemos Dixie" hat es aus den Lautsprechern gedröhnt. Ich weiß noch, wie wir gelacht haben. Da war ja gerade Papstwahl. Hier kommt nichts durch. Hoffentlich gibt's Luftlöcher, sonst erstick ich noch in der Scheiße. Ich hab noch die Hosen unten. Bad in der Scheiße. Eselsmilch soll gesund sein, macht eine schöne Haut. Es haben sich schon Bauern an den Güllegasen vergiftet. Ich versuch doch mal mich hinzusetzen. Geht. Jetzt sitz ich richtig in der Scheiße. Wenn ich das morgen jemandem erzähle, lach ich mit. Wo ist bloß das Handy? Vielleicht in die Schüssel gefallen. Da lang ich jetzt aber nicht auch noch rein. Ich lang doch rein, was verlier ich denn noch? Ich

brauch mein Handy, da sind alle Termine drauf.
Ich muss Rita anrufen. Und Notruf. 110. Oder
112? Wie kann ich mir das nur merken? 110,
Red Bull. 112, Polizei, was stimmt denn jetzt?
Polizei Nürnberg. Ich sitz in der Scheiße.
Werden Sie nicht unflätig, Mann! Name,
Adresse, Kennzeichen! Morgen? Wir haben ja
schon morgen. Wie spät ist es. Ich muss mir
eine Leuchtuhr kaufen. Oder einen Leuchtturm,
der ist heller. Ich brauch mein Handy. Heute
muss ich noch nach Belgien, oder war das
gestern? Ich wird ganz irre. Eigentlich müssten
die Scheinwerfer vom Auto noch an sein, sonst
sind sie ab. Der Motor ist auch ab, wenn er
nicht dran ist. Vielleicht klaut ihn grad einer.
Ich bin auch dran, wenn mich keiner findet.
Aber wer guckt schon nach, ob in dem
umgefallenen Scheißhaus ein Findling ist. Hier
drin regnet es nicht. Hier ist keine Stelle.
Stellenweise Regen, hat sie gesagt. Wenn ein
Ast drauf fällt, bin ich hin. Dann müssen sie
mich in die Waschanlage bringen, bevor sie
mich ausstellen. Einmal waschen und ölen.
Bernd hat eine Kuhputzmaschine. Warm ist es
auch nicht. Ich lass mich krankschreiben. Wie
komm ich nach Hause? Rita wird schimpfen,

wenn ich klingle. Oder sie macht nicht auf. Irgendwann ist der Sprit alle. Ohne Sprit nicht fit. Dann ist auch die Batterie leer. Wenn das Taxi mich so nicht mitnimmt, nehm ich das Taxi mit. Rita nicht. Die fastet. Was haben wir heute für einen Tag? Gestern war Donnerstag. Oder Freitag? Wenn heute Samstag ist, arbeitet keiner. Die kommen erst am Montag wieder. Bei dem Sturm vielleicht gar nicht. Es ist noch keiner erstunken, aber erfroren. In der Zeitung steht dann „Orkanopfer erstunken und erfroren. Gewaltverbrechen ausgeschlossen." Dann schreiben sie immer dazu, Flüchtling oder schwan-gere Alleinerziehende oder schwerhöriger Rentner mit sechsundachtzig. Vor einer Woche haben sie auf der ersten Seite geschrieben, da hat einer im Supermarkt zweimal der Kassiererin ins Gesicht gespuckt. Die ist dann ins Krankenhaus, so hat sie sich geekelt. Die Bullen suchen jetzt nach ihm. Und dann muss er eine Speichelprobe abgeben. Haben die doch schon. Und vorgestern stand drin, sie hätten einen aus dem Flugzeug geschmissen, weil er auf dem Klo geraucht hat. Ich würd auch rauchen, dann schmeißen sie mich hier raus. Auf dem Klo von meinem Opa

waren immer ganz viele Fliegen. Dicke
schwarze. Hier sind keine. Die könnten nichts
sehen hier. Gerade habe ich eine Schachtel
Zigaretten in die Finger bekommen, fast voll,
aber alle nass. Ob man hier drin auch nicht
rauchen darf? Vielleicht ist am Dach ein
Rauchmelder. Vielleicht hat schon einer mein
Auto geklaut. Hab ich doch den Motor
ausgemacht? Wenn ich den Schlüssel
abgezogen hab, ist er weg, hier drin find ich
den nicht mehr. Wenn der Wind stark genug ist,
kann er mich zur Seite kippen, dann kann ich
raus. Aber jetzt schiebt er uns, der Wind. Wo
schiebt er uns hin? Wir sind ein Herz und eine
Seele. Dixie ist ein schöner Name, wie Spusi
Rita will Kinder. Ich bin mir nicht sicher, ob
ich mit ihr will. Wenn ich hier rauskomme und
wir haben eine Tochter, soll sie Dixie heißen.
Ich hab keinen Graben gesehen. Aber eine
Baugrube war da. Es hat viel geregnet.
Ertrunken, erstunken, erfroren. Schönes
Karnevalslied. Ertrunken, erstunken, erfroren,
raus guckten nur seine Ohren, helau. Ich hör
nichts. Wenn mein Auto weg ist, wie komm ich
dann nach Hause? Ich muss laufen, so nimmt
mich keiner mit, auch Rita nicht, vielleicht

Sandra. Aber Sandra wohnt in Belgien. Morgen muss ich doch nach Belgien, da kann ich sie fragen, ob sie mich mitnimmt. Kommt da ein Auto? Kein Auto, vielleicht ein Rasenmähdrescher. Ich mache Krach, dass er mich hört. Doch ein Auto. Es wird langsamer, gleich steht es, vielleicht guckt es nur. So im Liegen kann keiner aufs Klo. Das Häuschen ist viel zu schwer, mit mir drin kann es keiner hochheben. Habt ihr keinen Hochheber dabei? War ich eigentlich auf dem Klo? Stuhlgang, Stuhlflug, Stuhlroll. Und Schlittschuhe. Oder hab ich mir in die Hosen gemacht? Das sind die anderen, nach denen es hier stinkt. Das sind die vielen anderen oder wir alle zusammen? Jetzt alle zusammen, zweidrei. Das Auto ist schon wieder weg, war doch ein Mähstuhl. Ich liege im Weg und warte. Die Wegwarte soll ich nicht abmähen, befiehlt Rita. Deshalb bin ich so langsam. Es hat um mich rumfahren müssen, das Stuhlgestell. Ich lieg auf der Straße. Wenn sie nicht um mich rumfahren können, müssen sie eben drüber springen. Ein bisschen größer hier drin, und ich könnte es aushalten. Dann könnten wir Karten spielen. Rita spielt keine Karten. Sie schwärmt von einem Tiny Haus, das ist auch nicht viel größer, da kannst du auch die Beine nicht ausstrecken. Wofür will sie ein Tiny Haus, wenn sie doch keine Karten spielt? Ich muss die Zähne putzen. Sie haben ein ausgefallenes Gebiss, da muss ich bohren. Wenn ich Licht hätte und was zu lesen! Ich sollte häufiger mal was lesen. Mach das Licht an, du verdirbst dir die Augen. Rita hat immer was zu bestimmen. Und dass ich sofort die Schuhe ausziehen soll. Noch vor der Tür. Manchmal les ich die Zeitung. Auf der ersten Seite die Sache mit dem Mann im Supermarkt. Ungefähr dreißig soll der gewesen sein. Romane les ich nicht. Wenn ich eine Zeitung hätte, könnte ich die Blätter an die Wand spießen. Ich hab ja nicht mal einen Nagel. Rita schon. Rita liest immer so dicke Bücher mit einem Liebespaar auf dem Umschlag. Wo die die Zeit hernimmt? Wenn ich nicht so frieren würde! Wie spät ist es? Ich muss mein Handy finden, da sind die Touren von heute drauf, oder von morgen? Montag muss ich wieder nach Lyon. Nee, morgen muss ich nach Mailand. Jetzt auch egal. Kälter kann es in der Kloschüssel auch nicht sein, auch nicht nasser. Ich wasch mir die Hände immer nach dem

Pinkeln. Nicht wenn ich an einen Baum gehe. Sonst immer. Andere waschen sich nie die Hände nach dem Klo. Dafür putzen sie die Zähne nach dem Essen. Jetzt sind die Gutscheine von den Raststättenklos nass. Dafür krieg ich kein Fischbrötchen mehr. So kann ich sie nicht abgeben. Mindestens zehn hab ich schon. Sonst gibt's für zehn Stück einen Kaffee und ein Fischbrötchen. Fischbrötchen wär jetzt gut, besser warmer Leberkäse, bei der Kälte. Die Kloschüssel ist aus Metall. Auch kalt. Auch wenn ich den Arm ganz reinstecke, ganz rein bis zur Schulter, ich komm nicht bis auf den Grund. Weiter geht's nicht. Zu eng, mein Kopf geht nicht rein. Da ist alles Mögliche drin, aber das Handy nicht. Was die Leute alles reinschmeißen. Ein Zollstock. Und eine Bierflasche. Eine Zigarettenschachtel. Das ist schon die zweite. Vielleicht find ich Geld. Zum Glück rauch ich nicht mehr. Wo ist eigentlich die große Zange? Damit würde ich die Wand einschlagen. Wieder fährt was vorbei. Ich geb mir schon gar keine Mühe. Die hören mich sowieso nicht, schon gar nicht bei der Temperatur. Vielleicht schneit es schon. Nächstes Mal nehm ich einen Schlafsack mit.

Wenn ich mich auf den Rücken lege, kann ich vielleicht die Beine ausstrecken. Wieder brummt was vorbei. Ich muss nur die Schale sprengen, dann bin ich ein Küken. Ob sich keiner was dabei denkt? Schon wieder brummt es. Dann gibt es Gas. Gib mir auch Gas, Sauergas. Und Lachgas. Oder Sauerkraut. Kein Güllegas, da sterben Leute. Das ist mein Häuschen. Häuschen klein. Vorher küsst mich die Prinzessin. Rita nicht. Rita hasst Gummistiefel. Und Kokosnüsse. Sie küsst nicht gern. Jetzt kommt die Kapelle. Die Typen kenn ich. An der Disko drehen sie auf. Dann fallen die Autos aus dem Bett. Draußen läuft irgendwas. Da läuft was, das ist kein Schrittundtritt. Ein Tier. Der Sturm ist lauter. Sei still, Sturm, ich will hören, was das Tier sagt. Ein Fuchs? Ein Waschbär. Der Waschbär wird immer mehr. Ich leg mich hin. Wenn er mich findet, soll er mich waschen. Aber nicht wecken. Ich will schlafen. Nach dem Aufstehen kann er mich nochmal waschen. Der Waschbär ist eine Naschkatze. So tief ist die Brühe nicht, dass ich ertrinken muss. Im Scheißhaus ertrunken. Bitte ein Kissen für unter den Kopf. Ich bin höflich. Und ein Radio. Hessischer

Rundfunk. Da geht alles ganz langsam. Hier wär's gerade richtig. Das Tier ist immer noch da. Jetzt kratzt es. Ich höre es flüstern. Bestimmt ein Waschbär. Der Waschbär wäscht sich täglich. Sunlicht Kernseife nimmt er. Oder Colgate. Colgate ist für die Zähne. Der Waschbär hat weiße scharfe Zähne. Der Hamster hat braune scharfe Zähne. Der Haifisch hat die schärfsten. Aber der trägt sie im Gesicht. Die anderen tragen sie in der Hosentasche. Oder nachts im Glas. Nur der Waschbär hat sie im Mund. Der Hamster auch. Ob er sie auch rausnehmen kann? Der Krake hat einen Schnabel. Unter Wasser hört man sein Singen nicht. Dazu muss er auf den Baum. Bestimmt frisst er Erdnüsse. Der Krake oder die Krake. Liebe Kraken und Krakinnen. Wir haben uns versammelt zum gemeinsamen Krakeelen. Dann zurück in die Flasche. Die Bierflasche im Klo ist noch voll. Vielleicht ist sie wieder voll. Hier wohnt ein Zauberer. Ich hab Durst. Und Hunger. Die Brötchen in meiner Tasche sind weich. So schmecken sie nicht. Unter meinem Kopf ist es hart. Sonst lieg ich ganz gut. Hart aber gerecht. Und kalt. Mein Handy ist auch gerecht. So leuchtet es nicht.

Wenn ich es küsse, geht Rita an. Dann sieht sie schwarz. Der Seestern hat auch Zähne. Und fünf Arme. Jeder Arm hat viele Zähne, das sind zusammen noch mehr. Der Seestern nimmt nicht Colgate, das ist zu teuer. Der nimmt die vom Aldi. Zum Aldi muss ich morgen auch. Wenn heute Morgen ist, war ich gestern schon dort. Das muss ich Rita rufen, sonst fällt sie wieder hin. Wenn ich heute zum Aldi muss und warte, bis aus heute gestern wird, dann muss ich doch nicht mehr hin. Da warte ich lieber bis morgen, dann hab ich alles erledigt. Ich brauch noch Klopapier. Und Lachs. Vielleicht ist es ein Luchs. Oder ein Dachs. Der Dax steht bei fünfzehntausend. Rita ist immer schnell auf hundert. Bis fünfzehntausend braucht sie bestimmt vier Silberlöffel. Das Tier schleicht immer noch um mich herum. Vielleicht will mich das Schleichtier fressen. Ich muss es rügen. Sizilien. Ich wird es sizilien. Zum Glück bin ich hier sicher. Und warm. Der Zaunkönig ist warm. Und die Zaunkönigin, zwei sind wärmer. Scheiße, au, jetzt stoßen sie mich. Du sollst nicht stoßen, kennst du nicht das Aufgebot? Ich bin so schön beim Einschlafen. Warum lasst ihr mich nicht schlafen? Wenn ihr

mich findet, bin ich Balsam. Wie spät ist es?
Heute ist Sonntag, da hat der Aldi keinen
Verhau. Mach nicht so einen Lärm. Wieder
stößt die Wand. Das ist meine Nacht und Wand
ist auch. Still, der Waschbär spricht Ruhe. Ich
will schlafen! Geh doch woanders hin zum
Streiten. Es sind viele. Die hören mich nicht.
Vielleicht sind es Schweizer. Sie sind nicht
mehr da. Wieder brummt es näher. Gleich
überbrummt es mich. Wo soll ich hin? Ich hab
ja nur das. Mein Kopf klebt. Macht mich doch
in Ruhe! Das Brummen kenne ich. Mein
Nachbar hat auch so einen Hub-schrauber Der
andere hat eine Sägebohre und deutliche
Hühner. Wo schiebt er mich hin? Vielleicht
schiebt er mich zu sich nach Hause. Ich will
aber zu mir nach Hause. Hier ist mein Zuhause.
Jetzt schiebt er mich den Berg hoch. Einmal
waschen und dröhnen. Eau de Toilette, diesmal
nicht rasieren, ich bin Vollblut. So geht das
nicht, ihr müsst mich entlassen. Das brummt
nicht mehr. Runterlassen! Ich dreh mich, dann
läuft mir die Nase nicht. Schmeiß mich nicht
aus dem Bett, Rita. Wind kommt auf.   Licht
fliegt her. Mach das Licht ab und die Tür weg,
es stinkt! Da hat jemand die Sonne

eingeschaltet. Ein Wiesenfilm mit Nebel und dahinter ist Winter. Mein Auto hat ein schönes Gesicht ohne Brille. Sie bringt mich nach Hause. Gebt mir meine Brille. Ohne Brille kann ich den Sonnenaufgang nicht hören. Zu Hause gibt es Eichhörnchen. Vorsichtig, sonst bricht der Schrank!

Ein toller Hecht

„Für ganz besondere Gelegenheiten, Ulf". Er riss das braune Packpapier um das große Paket nicht einfach auf, das wäre geringschätzig gewesen. Sachte löste er die Verschnürung. Seine Oma hatte ihm das Geschenk in die Arme gelegt. „Danke." Was hätte er sagen sollen? Begeisterung heucheln? Hoffentlich war es ihm gelungen, seine Verlegenheit zu überspielen, er bemühte sich um einen erfreuten Gesichtsausdruck, sagte „Danke" mit einem möglichst ehrlichen Klang seiner Stimme. Ein Stapel Damast Tischdecken und obenauf, in Seidenpapier eingewickelt, zwei Kerzenleuchter aus Silber. Stand Sperrmüllsammlung an, sah man Ulf mit seinem alten Kombi herumfahren, und mit den Fundstücken war seine Wohnung ausgestattet. Alte Weinkisten zu Regalen gestapelt. Paletten und darauf Matratzen dienten als Sofa, das Bett hatte er aus ein paar Brettern und Balken zusammengeschraubt. Und auf einmal besaß er Damast Tischdecken, Inbegriff bürgerlicher Daseinsform, die er so verschmähte. Irgendwann würde er sie in die Altkleidersammlung geben oder auf dem Flohmarkt verkaufen.

Die weißen Decken hatten jahrelang zuunterst im Schrank gelegen, bis heute. Heute brauchte er sie. Ein Bügeleisen hatte er nicht, daher legte er schwere Bücher darauf, aber die Knicke vom langen Liegen standen hartnäckig in die Höhe. Zusammen mit den Tischdecken waren die silbernen Leuchter tief unten im Schrank verschwunden. Die langen Jahre hatten sie schwarz werden lassen, emsig hatte er poliert, und jetzt verstreute ihr Hochglanz die Reflexe der unruhigen Flammen auf dem Tisch.

Almina weinte seit Stunden auf dem Sofa.

„Wollen wir uns versprechen, dass über einem Streit nie die Sonne untergeht?" In der Wirtschaft war es laut gewesen und Almina hatte geglaubt, sich verhört zu haben. „Sag's nochmal." Nein, sie hatte sich nicht getäuscht.

Sie hatten viel gelacht an jenem Abend, in köstlicher, vom Alkohol marinierter Stimmung hatten sie sich originelle Einfälle zugespielt wie Bälle beim Tischtennis. Ulf machte bisweilen absonderliche Späße, doch das hatte er ernst gemeint. „Und was, wenn keine Sonne scheint?" warf Almina ein, zögerte einen Moment, „klar, warum nicht?" Sie hatten sich noch nicht einmal zwei Wochen gekannt, und ob die lockere Freundschaft den Humus für Liebe abgeben würde, stand in den Sternen. Beschwipst hatte sie zugestimmt, zumindest würde sie es versuchen, zugleich war ihr bang, das Versprechen einlösen zu müssen. Almina fürchtete sich vor ihrer Heftigkeit. Im Zorn war sie so leidenschaftlich wie in der Liebe, ein Streit mit ihr glich einer Naturkatastrophe, einem Vulkanausbruch, und die Sonne musste mehrmals unter- und wieder aufgehen, bevor sich der endlos scheinende Ascheregen legte. Aber für Ulf, für ihn würde sie sich Mühe geben, und zum Besiegeln hatte sie ihn geküsst.

Der Lärm in der Wirtschaft hatte zugenommen, sie musste sich weit über den

Tisch neigen, damit er sie verstand. „Den holen wir ein, hast du gesagt, weißt du noch? Komm, hast du gesagt, den holen wir ein." Klar, wusste er das noch. „Ich hab dich an der Bushaltestelle stehen sehen, wie du mit den Fäusten gegen die Tür geschlagen hast, schon von weitem hab ich das gesehen und wie der Bus einfach weggefahren ist." Was für eine unbändige Wut er auf den Busfahrer hatte. Im strömenden Regen hatte die Frau gestanden, ohne Jacke, ohne Mantel, kein Schirm. Er musste nur daran denken, schon erfasste ihn der Zorn von neuem. Auf ihrer Stirn waren zwei scharfe Falten entstanden. Sie war eben im Begriff gewesen, Ulf anzuschreien. Zwar hatte sie einen Schritt rückwärts gemacht, als sie das Auto auf sich zukommen sah, dennoch war eine Fontäne Dreckwasser auf ihren Rock gespritzt. Er war ihrem Wutausbruch zuvorgekommen. „Steig ein, schöne Frau, du hast ja nicht mal einen Schirm dabei. Komm, schnell, den Bus hol ich noch ein." „Du hättest ruhig durchfahren können", sagte sie, als die erste Ampel auf Gelb gesprungen war, doch Ulf hatte sogleich angehalten. „Besser so", hatte er geantwortet, während seine Augen dem Weg der Nässe ihr Bein hinab folgten, bis sich die Spur in den hellbraunen Stiefelchen verlor. An der nächsten Ampel sahen sie den Bus links abbiegen, und sie warteten immer noch auf Grün. „Den kriegen wir nicht mehr. Wo musst du hin?" Im Aussteigen hatte er sie nach ihrem Namen gefragt. „Almina." „Weißt du, worin sich unsere Namen unterscheiden?" Er hatte den Moment ihrer Verwirrung genossen. „Deinen kann man singen. Versuch das mal mit Ulf." Der Regen hatte sich gelegt, die Sonne brach durch, es versprach, ein schöner Abend zu werden. „Lass uns heute Abend was zusammen trinken, dann vielleicht ins Kino, irgendwas wird uns schon einfallen."

Aufwändig hatte sie sich auf den Abend vorbereitet, hatte ihre roten Haare auf Glanz und Fülle gebracht, den Nägeln viel Zeit gewidmet, den Brauen, Wimpern, und mit geübter Hand die feine Kontur der Lippen nachgezogen. So war sie zufrieden, mit dem beinahe unmerklichen Blau der Lider, dem rötlichen Hauch auf den Wangen. „Lilly Of The Valley" stand auf dem Fläschchen. Ein paar Tropfen davon, und ein süßer Duft nach Maiglöckchen erfüllte den Raum. Sie drehte sich vor dem großen Spiegel nach allen Seiten so, dass das dunkelbraune Kleid an den Knien aufschwang, so gefiel sie sich. Noch die Ohrringe und den roten Gürtel, dann wäre sie bereit. Wenn nicht immer diese wehmütige Erinnerung sie überkommen würde, sobald sie nach Ohrringen suchte. Stets nahm sie die Kreolen in die Hand, ließ sie leise gegeneinander klingen, und meist legte sie sie wehmütig zurück, entschied sich für andere. Drei Jahre war es her. Jens war damals ihr Freund. Er hatte sie ins Theater mitgenommen. Das erste Mal in einer Oper, Carmen. Der große Saal mit dem riesigen Kronleuchter, und sie saß darunter. Was, wenn er ausgerechnet jetzt herabfiele? Sie hatte von so etwas gelesen. Die vielen Menschen in festlicher Kleidung drängten sich im Foyer. Die schweren Parfums der alten Damen, die Aufregung und das Stimmengewirr hatten ihr Kopfdruck gemacht. Die Instrumente spielten durcheinander, stimmten sich ein, Zeichen, dass es bald losginge. Wie freudig gespannt sie war, sie hatte Jens' Hand ergriffen, Herzklopfen, als die Lichter erloschen, der Vorhang sich hob, die Musik tosend einsetzte, dann die Zigeunerin. Carmen sang, lachte und tanzte zugleich. Die herrlichen Kostüme, der Schmuck, diese wundervollen riesigen Ohrringe. Immer blitzten sie auf, wenn sich die Sängerin geschmeidig und sinnlich bewegte. Es war atemberaubend gewesen, und aufgewühlt war Almina schlaflos geblieben.

Drei Jahre war es her. Noch baumelten die Ohrringe an ihrem Finger und klirrten leise. Noch war sie unentschlossen. Wenige Tage nach dem Theaterabend hatte Jens ein Schächtelchen mitgebracht. „Das sind Kreolen, erinnerst du dich an den Abend, an die Sängerin?" hatte er hinzugefügt, als sie fassungslos die goldenen Ohrringe in Händen hielt, groß wie ein Tennisball. Und wie Jens unendlich behutsam die Haken durch die Löchlein in den Ohrläppchen gefädelt hatte. Eines Tages eine kurze Nachricht auf dem Mobiltelefon: „Du liebst mich nicht mehr es ist besser ich geh mach's gut ciao Jens." Durch den Nebel aus Tränen hatte sie auf die Worte gestarrt, wieder und wieder und sie nicht geglaubt.

Es war ihr kaum gelungen, die Ohrringe anzulegen. Die Erinnerung machte ihre Hände unsicher, ihre Augen feucht.

Ob Ulf wieder wie am Mittag die Jeans tragen würde mit dem Riss am Knie und den alten Parka mit Ölflecken? Seinen Beruf hatte er nicht verraten. Vielleicht arbeitete er in einer Autowerkstatt und trug diese Klamotten auf der Arbeit. Und die fettigen Haare, der Bart wie ein zerrupftes Schaffell. Ob er sich bisweilen unter die Dusche stellte? Das Auto hatte so nach Zigaretten gestunken, dass sie trotz des Regens das Fenster öffnen musste.

„Ich rauche nicht. Ich hatte das Auto einem Freund ausgeliehen", hatte er gesagt. Während der Fahrt hatte er unentwegt auf sie eingeredet, schließlich hatte ihr der Bauch weh getan vor Lachen über seine geistreichen Sprüche. Sie hatte sich gern ins Kino einladen lassen.

„Donnerwetter, Almina! So eine schöne Frau ist mir noch nie begegnet." Selbst wenn er log, selbst wenn seine Bewunderung geheuchelt war, sie genoss das Kompliment. Er sagte es so charmant, dass sie es glauben wollte. Dabei verbeugte er sich leicht und legte die Hand auf sein Herz. Genau so, wie sie es seinerzeit im Theater beim Schlussapplaus gesehen hatte. Ulf war ein grandioser Schauspieler.

„Wo willst du denn hin, ich dachte, wir gehen ins Kino?" fragte sie überrascht. Wo war der schmuddelige Typ vom Mittag? Ulf war plötzlich ein eleganter Mann in hellem Leinenanzug mit roter Fliege. Er hatte die Schulter gezuckt und vielsagend gelächelt. Der Bart war beschnitten, das Haar zu einem kleidsamen Pferdeschwanz gebündelt. Der Mann war so attraktiv, so anregend, Almina hatte ihrem Glück nicht getraut. Diesen ersten Tag würde sie nie vergessen. Wie sie im Regen den Bus verpasst hatte, er sie nassgespritzt hatte, bevor sie zu ihm ins Auto gestiegen war, an die geistreichen Gespräche. Immer noch hatte sie den Zigarettengeruch in der Nase. Und dann das. Er hatte vor ihrem Haus gestanden, gegen die tiefstehende Sonne hatte sie ihn erst nicht erkannt, so umgewandelt wie er war. Auf dem Weg zum Hafen war er über eine niedrige Hecke gesprungen, um in einem Vorgarten eine Rose für sie zu pflücken, die er wieder mit dieser kleinen Verbeugung überreicht hatte.

Zwei Wochen später, in der lauten Kneipe, in der man sich vor Rauch kaum sehen und vor Lärm kaum verstehen konnte, hatte er ihr die Zusicherung abgetrotzt. „Wollen wir uns versprechen, dass über einem Streit nie die Sonne untergeht?"

Seit diesem Morgen hing die dunkle Wolke über ihnen. Trauer, Schmerz, Zorn, eine Mischung mit Sprengkraft. „Denkst du noch an unseren Schwur?" rief Ulf aus der Küche. „Welchen Schwur?" „Den in der Kneipe. "Das war kein Schwur, wir waren besoffen." Almina klang gereizt. „Besoffen sein macht ihn nicht ungültig." Sie drehte sich zur Wand, schloss die Augen, wollte nichts sehen. Vor allem ihn wollte sie nicht sehen. Wenn er unbekümmert einen seiner lockeren Sprüche von sich gab, hätte er sie womöglich zum Lachen gebracht. „Dann eben nicht." Er wandte sich zurück in den Dunst. Ulfs fröhliche Natur, seine beharrliche Zärtlichkeit und sein Einfallsreichtum weichten jeden Widerstand auf, darauf konnte er sich verlassen. „Dein Optimismus ist ja geradezu krankhaft", hatten seine Freunde schon gespottet. Es war Bewunderung, die sie so reden ließ. Diesen Tag, der so hässlich begonnen hatte, würde er mit einem grandiosen Finale krönen.

Seit Stunden zerfloss sie in Tränen, um ihren Kopf herum war das Kissen von Feuchte dunkel. Bald seufzte sie auf, und wieder lief ein Schwall Tränen über das verquollene Gesicht. „Abkühlung, Almina." Er sang ihren Namen, zog ihr zugleich die warmgewordene Cola Büchse aus der Hand und legte behutsam eine neue, kalte, hinein. So konnte sie das schmerzende Ohr beruhigen. Dohlen tobten im Baum vor dem Fenster, spielten, jagten einander, schnatterten. Almina fühlte sich in ihrem Schmerz von den Vögeln verspottet. Ein dickes Kissen auf den Kopf, nichts hören! Mussten die blöden Vögel sie auch noch verhöhnen, litt sie nicht schon genug? Ein plötzlicher Impuls ließ sie aufspringen, sie schlüpfte in die Schuhe, griff nach Tasche und Gitarre und war schon an der Tür. Gerade noch konnte er sie einfangen. „Ich geh." Sie bot wenig Widerstand auf, als Ulf ihr die Gitarre aus der Hand wand, und auch als er die Tasche von ihrer Schulter streifte, ließ sie es geschehen. Sie ließ sich zurück zum Sofa schieben. Er drehte das nasse Kissen um. Ulf guckte in den Backofen. Noch Zeit. Er öffnete das Dachfenster, der Dunst musste raus. Heute war sie nicht die betörende Frau, als die Ulf sie kennengelernt hatte, sie war eine verletzte Katze, mitleiderregend und angriffslustig, er musste auf der Hut sein. Noch immer hatte er die Gitarre in der Hand; er lehnte sie vorsichtig in eine Ecke.

Die Gitarre. Eines Tages hatte es geklingelt. „Da bin ich." Ein plötzlicher Rausch. Keine Frau hatte bis dahin solch ein Gefühl in ihm ausgelöst. Sie stand einfach da, rührte sich nicht, strahlte nur, und die großen Augen guckten so innig, dass er für einen Moment den Blick abwenden musste. Um die Gitarre hatte sie den Arm gelegt, als wäre sie der kleine Bruder, den es zu beschützen galt. Dass Almina sang, und dass sie so wundervoll sang, wie hätte er das ahnen können. Damit hatte sie ihn überrascht. Auch wenn er die französischen Lieder nicht verstand, fröstelte es ihn lustvoll beim Zuhören. Sie verstand es, Gedichte in einer fremden Sprache so vorzutragen, dass er den Inhalt fühlte, auch wenn er in der Sprache nicht zu Hause war. Am liebsten lag er mit dem Kopf auf ihren Knien und lauschte mit geschlossenen Augen. Dann trugen ihn Wellen davon, dorthin, wo man träumt. Beim Vorlesen pflegte sie zart sein Ohr zwischen zwei Fingern zu reiben. Nach wenigen Sätzen schlief er ein und erlebte so nie das Ende der Geschichte.

Im Angelverein beneideten sie Ulf um seine Fänge. „Wie machst du das?" „Strategie." „Strategie, Strategie, drück dich nicht so geschwollen aus, wir sind deine Kumpels und wollen wissen, was dein Geheimnis ist." „Keine Ahnung, ich schmeiß die Angel rein. Und dann hängt ein Fisch dran." Er wusste es selbst nicht und wunderte sich, dass seine Tasche meist voll war, während die Anderen kaum etwas fingen. „Petri Heil, beißen sie heute gut? Toller Fang." Das war der Spruch, durch den sie ihre Bewunderung ausdrückten, wenn sie ihn wieder mal mit einer neuen Frau an seiner Seite in der Stadt trafen. „Petri Dank. Ganz gutes Angelwetter. Ist ja auch Vollmond. Ist der Mond voll, beißen sie toll. Ist er leer, beißen sie mehr. Und dazwischen nix zu erwischen. Weißt du ja." Es war der Code, den sonst keiner verstand.

Beim Fischen warf er einfach die Angel aus, ohne groß nachzudenken. Bei Frauen ging er planvoll vor, kleidete sich fein, band die wirren Haare zu einem Pferdeschwanz, beschnitt den Bart. Der Kunstgriff mit der Blume, Kinobesuch, danach am Hafen hinauf in die feine Cocktailbar im 13. Stock. Dort spielten sie die Musik, die er für so einen Abend brauchte, eine Musik, die zu Herzen ging. Die Türsteher begrüßten ihn mit Namen, und ihr kaum merkliches Schmunzeln deutete er richtig. Er war hier oft genug Gast gewesen, und nie war zweimal dieselbe Frau dabei. Riesige Fenster mit dem unverstellten Blick auf die großen Schiffe tief unten. Es gelang fast immer. Auch bei Almina. Sie hatte nicht hingehört, als er den Namen des gigantischen Kreuzfahrtschiffs aussprach. Auch dem Treiben der zahllosen winzigen Menschen dort unten hatte sie teilnahmslos zugesehen. Sie hatte einfach nur genossen. Sie musste nicht einmal hören, was Ulf sprach, es reichte, dass er sprach, und die sinnlichen, geradezu frivolen Melodien aus dem Saxofon von Paul

Desmond legten Blattgold auf seine Worte, Charlie Haden mit dem Bass und der schmerzhafte erotische Schmelz aus Chet Bakers Trompete, Cool Jazz. „Und du hältst dich für unkonventionell, Mann?" Ulfs Freunde lästerten bei jeder Begegnung. Die mondäne Bar im 13. Stock gehörte einst dem ermordeten Bordellbesitzer. Jetzt war sie Treffpunkt der Schnösel von der European Business School. Hier führten sie wichtige Gespräche, taten bedeutungsvoll, alle waren geckenhaft herausgeputzt in den gleichen schwarzen Slim-fit-Anzügen mit unauffälligen Krawatten, alle trugen die gleichen schwarzen Aktenmappen locker unter dem Arm und übertrafen sich in Lässigkeit. Und alle trugen den Haarschnitt und den Anflug von Bart, wie es gerade in war. Ulf verabscheute alles Bürgerliche, doch auf Beutezug wurde er zum Verräter seiner Grundsätze. Er verwandelte sich in einen von denen, trug zum Anzug eine Fliege. Anders hätte ihn der Türsteher nicht hineingelassen, hier achtete man auf Stil, und mit übergeschlagenen Beinen saß er im weißen Ledersessel, sog farbige Cocktails durch Glasröhrchen und setzte auf Sieg.

Sein Plan war aufgegangen, Almina war im Netz, sogar dieser Musik war sie verfallen. Jazz, schon bei dem Wort hätte sie früher die Nase gerümpft. Splitternde Dissonanzen, schrille Töne, Missklänge ohne Rhythmus, das war Jazz für sie, eine Beleidigung fürs Ohr. Was sie hier spielten, war Balsam, war Gleitmittel in einen gelungenen Abend hinein.

Als sie jetzt auf seinem Palettensofa lag, quälendes Ohr und gekränkte Seele, ließ sie die Zeit mit ihm passieren, den ersten Tag, den Regen, sein Auto. Es war ein Trick von ihm, dass er an der gelben Ampel gehalten hatte. So war er sicher, den Bus zu verpassen und sie nach Hause fahren zu können. Dann den sonnigen Spätnachmittag, das Kino, den Abend, wie sie bis in die Nacht in der Bar geblieben waren. Die gestohlene Rose hatte in einem langen Glas gestanden. Sie erlebte noch einmal die Sonne untergehen. „Wie wenn die Strahlen im Wasser ertrinken", hatte Ulf gesagt. Sie dachte an die tanzenden Lichter im Fluss. Ulf war unter einem Vorwand an die Theke gegangen und hatte mit der Barfrau ein paar leise Worte gewechselt. Dann spielten sie diese Musik, diese Töne, die vom Ohr direkt ins Blut drangen, das Herz wärmten und Eingeweide liebkosten. Sie hatte Ulfs Hand ergriffen, sie auf ihren Bauch gelegt und den anderen Arm darüber. „Was ist das?" „Chet Baker", hatte Ulf leise geantwortet. „Chet Baker?" Und er hatte genickt. Die Stimmung hatte kein lautes Wort geduldet.

So viele Bücher hatte sie noch nie gesehen. Überwältigt ging Almina an den Stapeln entlang, als sie zum ersten Mal Ulfs Wohnung sah. Vom Boden bis fast zur Zimmerdecke wuchsen sie, wo nur Platz war, in die Regale passte nichts mehr. Und kurios die ungewöhnlichen Möbel. Kein Stuhl passte zum andern. Auf den Paletten, die jetzt das Sofa bildeten, waren früher Zementsäcke transportiert worden. Weinkisten, nackte Glühbirnen an der Decke, eine uralte Stehlampe, wie sie jetzt wieder als Retro in Katalogen zu finden waren. Almina hatte für einen Augenblick das einzige Bild an der Wand betrachtet und sich verschämt weggedreht. Sie war errötet. Ulf gab den Fachmann: „Frau mit den weißen Strümpfen.

Courbet, neunzehntes Jahrhundert, hängt derzeit in Philadelphia." Seine Stimme hatte gleichmütig geklungen, nicht anders als zuvor. „L'origine du monde, Ursprung der Welt, auch von Courbet, gefällt mir besser, ist aber derzeit als Druck nicht zu kriegen", setzte er hinzu. „Liest du auch?" fragte er dann, weil er Almina interessiert die Namen auf den Buchrücken studieren sah.

„Ich komm selten dazu. Was sind das für Bücher? Ich kenn die Schriftsteller nicht." „Philosophie." „Bist du Philosoph?" Er hatte genickt. „Ja, und wo kann man mit so einem Beruf arbeiten?" „Ich geb Unterricht in der Fernuniversität." „Sag mal was Philosophisches." Er zierte sich, „Los!" „Als der Existierende steht der Mensch das Dasein aus, indem er das Da als die Lichtung des Seins in die Sorge nimmt." Sie hatte abgewunken. „Nee, lass gut sein, das versteh ich doch nicht." „Ich weiß schon, mir ging's nicht anders. Das klingt am Anfang schräg, wie eine fremde Sprache. Philosophen denken auch manchmal anders. Viele drücken sich so unverständlich aus, dass man denkt, sie hätten was ganz Wichtiges zu sagen. Und wenn du dahinter leuchtest, merkst du, es ist alles nur Kulisse, Worthülsen, leeres Geschwätz. Man kann sich auch so ausdrücken, dass es jeder versteht und nicht nur die Fachidioten. Wenn du das Vokabular drauf hast, ist schon mehr als die halbe Miete drin."

Ulf hatte ein bisschen herumgesucht und ihr dann „Sofies Welt" in die Hand gedrückt. „Philosophie für Einsteiger." Sie hatte kurz darin herumgeblättert, das würde sie nie begreifen, und das Buch zurück gelegt. „Ich komm doch nicht dazu." „Wir probieren das einfach", Ulf kannte solche Probleme nicht. „Wir probieren das, ich bring dir die Vokabeln bei und was die Schreiber meinen, das ist nicht so schwer wie es sich anhört und wie du denkst wär doch gelacht." Damit hatte er das Buch wieder zu sich genommen, ihr ein Kapitel vorgelesen und ihr dann mit größter Geduld erklärt, was Hegel meint, wenn er vom Weltgeist spricht. Ulf hatte die Gabe, alles so zu erklären, dass sie es verstand, und wirklich, es hatte ihr gefallen. „Pass auf, wenn wir so weitermachen, korrigierst du eines Tages mit mir zusammen die Hausaufgaben der Studenten." Er war unendlich geduldig.

Wie hatte ihr Herz geklopft, als sie ihn in ihren Laden mitgenommen hatte. Ein kleiner Eckladen mit zwei Schaufenstern und ein paar ausgetretenen Stufen zur Eingangstür. Vor drei Jahren hatte sie ihn übernommen nach dem Unfall ihrer Schwester. Zahnärztin wollte sie nicht mehr sein. „Brautmoden" stand über dem Eingang. Und als sie selbst in ein Brautkleid geschlüpft war, das Gesicht vor Eifer gerötet, und sich vor ihm drehte, war es Ulf, der an sich halten musste, das liebreizende Geschenk nicht sogleich auszupacken.

Diesmal würde die Sonne untergehen über ihrem Kummer, würden weder Musik noch leckeres Essen sie herausholen aus dem Tal der Tränen, das schwor sie sich, diesmal nicht. Er sollte ihre Verzweiflung und Elend sehen und spüren. Sie litt, sie wollte leiden und kniff die Augen zusammen, dass weitere Tränen kämen. Sie wollte leiden, verdammt noch mal!

Ulf ließ sich nie verdrießen. Er schlich zum Sofa, seine Hand stahl sich zu ihrem Po und tätschelte ihn. „Verschwinde!" Sie trat nach ihm.

Ulf war hingerissen gewesen, als er die kleine Tätowierung auf ihrer rechten Pobacke entdeckt hatte, einen kleinen blauen Seestern. Er hatte ihn fotografiert und sein Anblick entzückte ihn jeden Tag. Niemand hatte so einen wundervollen Bildschirmschoner. Es konnte geschehen, dass er gedankenversunken am Schreibtisch saß, am Monitor der Seestern, jäh in die Höhe schoss, einen gellenden Schrei ausstieß und zu ihr hin sprang, „Ich bin die Lachmöwe" schrie, über sie herfiel, sich zum Zielort vorwühlte und voller Zärtlichkeit in den Seestern biss. Einmal hatte er ihn mit Lippenstift ausgemalt.

Der üppige Strauß orangefarbener Rosen war kaum aufzutreiben gewesen. Er hatte viel telefoniert und weit fahren müssen. Mit einem Mal war aus dem wackeligen Sperrmülltisch eine Tafel geworden mit einer kostbaren Tischdecke aus Damast und den silbernen Leuchtern. Aus dem Lautsprecher schoben sich die langen Melodiebögen, und der

Kontrabass garnierte sie tropfenweise mit tiefen gezupften Akkorden. Duftschwaden krochen aus der kleinen Küche. Die silberne Schnupftabakdose neben ihrem Teller konnte Almina vom Sofa aus nicht sehen.

„Lass mich!" Ja nicht in den Arm nehmen, sie wehrte ihn ab, entzog sich jeder Berührung und antwortete barsch auf sein zärtliches Streicheln. Sie würde nichts essen, dabei war Essen ihre Leidenschaft. „Bonsoir, Madame, eine kleine Gruß aus die Küsch", schmeichelte er mit französischem Akzent. Es gelang ihm nicht, eine Dattel zwischen die zusammengepressten Lippen zu schieben. Sie schlug nach ihm. Im Herd schmorte der Hecht. Kein besonders großer Fisch, aber immerhin, ein Hecht. Ulf hatte ihn ein bisschen zurechtbiegen müssen, so passte er in den Backofen. Hecht im Salzmantel, feine Gemüse, Knoblauch, Kräuter, Weißwein. „Wein, Weib, wunderbar wohlig wabert die warme Wolke", sang er. „Kennst du Wagner?" Sie würde nicht widerstehen können. „Für ein schönes Essen wirst du mich eines Tages verraten. Da bist du wie Esau." Wenige Minuten noch.

Früh am Morgen waren sie aufgebrochen, fast noch bei Nacht. Es war das erste Mal, dass sie ihn begleitete. Wie oft hatte er auf sie eingeredet, hatte gelockt, im Spaß mit Trennung gedroht. Nebel lag über dem See, das Ufer gegenüber war nicht einmal zu ahnen. Als hätte über Nacht einer darauf gehaucht, lag eine feine Schicht Tau auf dem Gras. Trotz der dicken Jacke fror sie. Es war später Frühling, aber in ihrem Zorn empfand sie Frost. Die beiden Schwäne in der Ferne hoben sich kaum gegen die milchige Luft ab. Sie strebten auf ein Ziel zu, das nur sie kannten, ohne erkennbare Bewegung, wie von einem Faden gezogen. Aufgeregte Blässhühner umkreisten ihre Jungen. Enten zeichneten Linien auf das Wasser, gelegentlich flog schreiend ein Paar Gänse vorüber. Auf dem schwimmenden Nest der Haubentaucher bettelten die Jungvögel.

Auch wenn er nichts fing, genoss er diese morgendlichen Stunden. Die Stimmen der Tiere machten die Stille hörbar. Mitunter zog er sein Fernglas hervor. Wiesenpiper, Braunkehlchen. „Meine Freunde sind die Krähen, die sind so gesellig."

Es war nicht leicht gewesen. „Mitten in der Nacht, du musst verrückt sein, können wir nicht am Nachmittag gehen?"

Frische Luft, die Natur, die Ruhe, die Tiere. Er konnte reden, was und wie er wollte, für Almina war das nur ein erbärmlicher Tausch gegen die wohlige Bettwärme!

Ulf sprach von morgendlicher Kühle, Almina entgegnete „eisige Kälte." „Morgens beißen sie besser." Als wäre das eine Verlockung! „Sollen sie doch! Am besten beißen sie dich!" Er würde einen Fisch fangen, hatte Ulf versichert, er würde ihn braten, und sie werde schon sehen, so etwas hätte sie noch nie bekommen, das werde der Fisch ihres Lebens. Ulf kochte meisterlich.

Missmutig hatte sie sich schließlich gefügt, aber nur einmal, hatte sie betont, nur ihm zuliebe, aber wirklich nur einmal. Wieder und wieder: „das ist das einzige Mal, versprich es!" Wenn sie ihre Stimme dabei erhob, war es eine Warnung, dann musste er den Countdown durch eine beschwichtigende Geste beenden. Der Tag versprach schön zu werden, die Voraussagen waren verheißungsvoll, nach dem Frühnebel versprachen sie einen sonnigen Tag. Aber seine Begeisterung sprang nicht über. Widerwillig hatte sie das Bett verlassen und ihn grob angefahren, als er den Bettzipfel ergriffen hatte. „Wag das nicht!" Zu Hause pflegte ihr Tag zu einer Zeit zu beginnen, wenn andere auf der Arbeit bereits die Frühstückspause einlegten. Es reichte, wenn die Kundinnen am späten Vormittag zur Anprobe kamen. Er indessen sprang zeitig aus dem Bett, und dann war er wirklich wach, schlich zur Küche, sie hörte ihn herumwerkeln, stellte sich schlafend und sie musste so tun, als erwachte sie vom Duft des Kaffees, wenn er ihr das Tässchen unter die Nase hielt.

Sie liebte ihn, gewiss, aber ihre Lebensgeister schliefen viel länger als seine, und gewöhnlich verabscheute sie Menschen, die um sechs Uhr am Morgen schon vor Tatenkraft schäumten wie das Rennpferd am Start. Bisweilen trug er einen blauen Fleck davon, wenn er nicht abließ, sie zu wecken.

Der Nebel schmolz, am Horizont war die Sonne noch nicht sichtbar, aber sie kolorierte die Wölkchen bereits mit einem feinen Rouge. Wenn Ulf nur nicht so überschwänglich schwärmte! Seine Begeisterung empfand Almina als unangemessen. Die Sonne stieg vollends hoch, alles erglühte, und kurz hielt er inne beim Zusammenbau der Angelrute. Almina gab sich trotzig. Warum zum Teufel hatte sie eingewilligt. Er musste doch sehen, wie sie fror, musste doch mitbekommen, wie sie am Reißverschluss riss, den Kragen der Jacke bis übers Kinn hochschlug, den Schal enger schlang und heftiger als zuvor missgelaunt von einem Fuß auf den anderen trat. Sie schlug die Arme gegen den Körper, er sollte nicht vergessen, wie sehr sie fror, hauchte in die Faust, aber die Hände blieben kalt.

Womöglich hatte er sich ausgemalt, sie für das Angeln zu begeistern. Das sollte er sich aus dem Kopf schlagen. Ausgeschlossen! Fisch gehörte zu ihren Lieblingsspeisen. Aber jetzt sah sie Ulf mit den Haken hantieren, sah, wie er Maiskörner und Futterbällchen aufspießte. Dann hatte er plötzlich etwas zwischen den

Fingern, das sich bewegte, und es schauderte sie, wie sich der Regenwurm wand, als er auf den Haken gespießt wurde. Sie fühlte mit ihm, fühlte selbst die Spitze in ihren Körper dringen, sie spürte sie im Bauch und drehte sich weg. Noch war kein Fisch da, aber sie fühlte mit ihm, den Ulf angeln würde. Almina konnte Lieder erfinden, sie konnte Gedichte schreiben, Bilder malen, sie war einfallsreich. Und jetzt stellte sie sich vor, sie schnappte nach dem, was verlockend und trügerisch vor ihrem Mund schwamm, sich als spitzer Haken entpuppte, die Lippe durchbohrte, in Mund und Zunge drang. Mit ihrem ganzen Körpergewicht hinge sie dann an diesem Haken. Sie würde zappeln, um ihr Leben kämpfen, sie spürte die Kraft schwinden, spürte das qualvolle Atmen, das vergebliche Schnappen nach Luft. Dann läge sie an Land und erstickte langsam. Oder, wie sie es im Film gesehen hatte, hielte sie eine Hand fest, eine andere ergriffe den Knüppel oder setzte das Messer an ihre Kehle. Ihr Blut strömte davon und färbte die Wiese schwarz, sie sah sich verenden, und noch im Tod öffnete und schlösse sich der Mund. Almina hatte Mitleid mit dem Fisch, den sie so gern aß. Sie fror und hörte nicht auf das, was Ulf sagte. „Ich will dir doch erklären, was ich da mache, dann ist es dir nicht ganz so langweilig." Sie hielt sich die Ohren zu. „Guck mal, das ist eine Steckrute, und was da liegt, ist eine Teleskoprute." Er sprach von Blinkern, Vorfach, Grundangeln, benutzte viele Fachausdrücke und erklärte, wofür man die verschiedenen Schnüre verwendet. Er hielt ihr Futterbällchen unter die Nase, wie kleine Meisen Knödel sahen sie aus, und dass man Karpfenfutter nicht für Forellen nehmen darf, alles war ihr egal. „Almina, bitte." „Ach lass mich mit dem Scheiß!" Es klang flehend und drohend. „Bitte, ein paar Weißfische, dauert nicht lange, dann fahren wir nach Hause."

„Das alles brauchst du?" Sie hatte geduldig sein wollen, es sollte interessiert klingen. Er sollte ihr nicht anmerken, wie zuwider ihr die ganze Aktion war. Doch schon beim zeitraubenden Verstauen der umfangreichen Ausrüstung war der Vorsatz gescheitert. Angeln, Kästen, Eimer, Sitze, Stiefel und was er sonst noch im Auto unterbrachte, wie bei einem Aufbruch zu einem Campingurlaub,

Frösche sprangen ins Wasser, wenn er sich dem Ufer näherte und die Angel auswarf. Einmal verfing sich die Schnur im Schilf.

Sie warteten. Almina schlug immer noch die Hände gegen den Körper und bewegte unablässig die Beine, stampfte auf und bohrte mit ihren Stiefelabsätzen Loch für Loch in den weichen Untergrund. „So kommen die Löcher in den Käse". Ulf folgte der Schnur mit den Augen bis ins Wasser. Alles blieb ruhig da draußen. „Einen Hecht, stell dir mal vor, ich hätte einen Hecht dran, das wär toll." Was sollte sie sich da vorstellen? Es interessierte sie nicht. Ob er einen Hecht an der Angel hätte oder einen Hai, es war ihr so egal. Weg hier, nichts Anderes! Unverdrossen machte er weiter: „Aber hier haben wir keine, bloß die langweiligen Weißfische und Karpfen, oder mal einen Barsch." Nach kurzer Pause: „Weißt du, dass es hier Aale gibt? Ein Kumpel hat mal einen gefangen." Ulf hörte nicht auf. Er konnte schön erzählen, und zu Hause hörte sie ihm gern zu. „Die Aale kommen aus dem Atlantik hierher. Sargasso Meer, schon mal gehört? Die schwimmen die ganze Strecke, und wenn mal kein Wasser da ist, rutschen sie auf dem Bauch weiter." „Oh, lass mich doch in Ruhe!"

Er sollte aufhören, von seinen blöden Fischen zu erzählen. Aber unbeirrt fuhr er fort. „Die bleiben ein paar Jahre hier, fressen sich satt und jetzt kommt das Geilste. Dann schwimmen sie wieder zurück dahin, wo sie hergekommen sind. Nur damit sie einmal Sex haben. So blöd, wenn ich wär. Für den einzigen Sex im Leben die lange Strecke. Da würd ich lieber hierbleiben und weiter fressen, du nicht?" Er guckte sie erwartungsvoll an. Keine Antwort. „Und dann gehen sie ein. Leben nur für die Nahrung und einen Sex." „Sag doch mal was dazu!" Sie schwieg. „Wie der Mensch. Hat Aristoteles gesagt. Ich weiß es nicht so genau, vielleicht war es auch Sokrates. Der Mensch lebt für die Nahrung und die Paarung." Sie wollte nichts hören von Aal, Barsch und dem ganzen Zeug, auch mit seiner Paarung sollte er sie in Frieden lassen. Sie wollte nach Hause. „Hechte sind was Besonderes." Jetzt fing er wieder an, sie konnte nicht mehr an sich halten. „Zum Teufel, lass mich in Ruhe mit deinem scheiß Geschwätz!" schrie sie ihn an. „Den einen

Satz noch, dann hör ich auf. Hechte sind Raubfische, die schwimmen allem hinterher, was sich bewegt, das kann auch mal Stanniolpapier sein, und dann schnappen sie zu." Er wollte noch erzählen, dass die Hechtmännchen sich beim Sex in Acht nehmen müssen, um nicht von den Weibchen gefressen zu werden und hinzufügen, dass es das auch bei anderen Tieren gibt. Er verstummte. Noch ein Satz, und die Lunte wäre zu Ende gebrannt, die Detonation drohte.

Die Ohren schmerzten vor Kälte. Die Mütze war zu klein, immer wieder zog Almina sie herunter, dabei waren ihre Ohrgehänge im Weg. Baumschmuck sagte er dazu oder Zierrat. Ulf meinte es nie böse, doch konnte er es nicht lassen, sie zu necken, dann reagierte sie aufgebracht, und das reizte ihn erst recht, sie brauste auf, kniff die Augen zusammen und zwischen den Brauen entstanden zwei scharfe Falten. Spätestens dann musste er aber aufhören, sonst war eine Grenze überschritten, jenseits derer das Zurück schwirig war. Almina liebte ihre Dekoration. Nie verließ sie das Haus, ohne dass irgendetwas an ihren Ohren hing.

„Am ersten Tag hast du die auch dran gehabt", hatte Ulf am Morgen gesagt. „Na und, manchmal hab ich die eben dran." Wenn sie den wundervollen ersten Abend mit Ulf mit diesem erbärmlichen Morgen verglich, konnte sie nicht anders als schnippisch reagieren. Jetzt stand sie nörgelnd in seiner Nähe und zog immer wieder vergeblich die Mütze über die großen Ringe." „Ich schenk dir einen Wellensittich, den kannst du da reinsetzen, der wärmt dir das Ohr, besser zwei." „Oder einen Hamster, der ist noch wärmer", setzte er hinzu. Warum hörte er nicht auf? Die Glut des Sonnenaufgangs spiegelte sich in den Ringen, ein magisches Feuer, wie damals bei der Sängerin in „Carmen". Almina legte sie gern an, und, ja, dann dachte sie an Jens. Ob er noch an sie dachte? An Jens, der eines Tages die kostbare Schachtel mitgebracht hatte, wie sie ihm um den Hals gefallen war, wie sie gejubelt und ihn geküsst hatte. Und kurz darauf hatte er sie verlassen. „Du liebst mich nicht", hatte er geschrieben. Dabei hatte ihr Herz an ihm gehangen und die Wehmut bekam mit jedem Mal neues Futter, wenn sie die Ringe anlegte. „Die sind ganz schön unpraktisch. Passen nicht mal unter die Mütze. Kein Wunder, dass du frierst." Vielleicht war es doch Eifersucht, die Ulf so reden ließ. Wieder hatte er die Angel vorbereitet, holte zu einem schwungvollen Wurf aus, weit draußen musste er doch endlich einen Fang machen.

Als hätte ein Blitz ihn getroffen, ließ ihn der Schrei zusammenzucken. Ein Schrei, wie er noch nie einen gehört hatte. Ein Schuss hätte ihn weniger erschreckt. Der Schrei lief über den See, vom Wald gegenüber zurückgeworfen kam er wieder, Enten flogen auf. Markerschütternder Schrei einer verendenden Kreatur. Almina schrie, weinte, stampfte, sie drückte eine Hand gegen das Ohr, zwischen den Fingern quoll Blut heraus und lief in den Ärmel. Sie rannte davon, kannte den Weg nicht, rannte einfach davon, weg, weg von diesem Scheusal. Ihn nie, nie wieder sehen, war ihr einziger Gedanke. Im Laufen schrie sie die Natur wach. Ulf war hilflos. Der Haken war irgendwo weit draußen im See gelandet. Er musste die kostbare Angelrute festhalten, Trophäe beim Wettangeln, sie wäre im See verschwunden, denn an der Leine zog jetzt irgendetwas. Es zog mit aller Kraft. Er sah Almina immer kleiner werden, und ihr Schreien wurde leiser, je mehr sie sich entfernte. Nicht loslassen! „Almina, komm zurück", rief er hinterher und wusste doch, wie aussichtslos es war. Er war wie gelähmt. Was sollte er denn tun! Besessen drehte er die Kurbel, rasch die Schnur einholen, doch der Haken sperrte sich. Verdammt noch mal, er musste sich um Almina kümmern, warum hörte es nicht auf, an der Rute zu zucken und zappeln? Mächtig zog es hinaus in den See. Die Finger verkrampften sich, Noch sah er Almina, sah die schwarze Blutspur im Gras, die ihren Weg markierte. Er riss an der Schnur, die Schnur riss zurück. In der Ferne schrie es, und an der Angel zerrte der Fisch um sein Leben. Qualvoll dehnte sich die Zeit, bis er endlich den Fisch an Land hatte und Almina nachsetzen konnte. Sie war stehengeblieben. „Zeig her." Das Ohrläppchen war gespalten, und immer noch tropfte das Blut, war den Hals herabgelaufen, ihr Gesicht war verschmiert, die Kleidung blutig. Er dachte nicht nach, quetschte die Wunde zwischen den Fingern zusammen, nach und nach hörte es auf zu tropfen.

Es war so schnell gegangen. Ulf hatte ausgeholt, seine ganze Enttäuschung über den erfolglosen Morgen und sein ganzer Ärger über die unablässig nörgelnde Freundin lagen in dem Schwung, der Haken schnellte vor, musste sich im Ohrring verfangen, ihn herausgerissen und kurzerhand mitgenommen haben, mitsamt dem Köder weit hinaus in den See.

Der Ring war verloren.

Geradezu niederträchtig spiegelte sich die Sonne in dem verbliebenen einzelnen Ring, höhnischer Beweis ihrer Demütigung. Einen Fisch, den lächerlichen Fisch, hatte er ihr vorgezogen, den Fisch an Land gebracht und dann erst war ihm ihr Unglück wichtig. „Du Ekel, ich hätte verbluten können!" „Was stehst du auch in meiner Nähe und nörgelst ständig!" „Ich hätte ins Wasser fallen können!" „Ja, und ersaufen. Hier ist es zwanzig Zentimeter tief." Ulf verlor selten die Fassung, doch bald würde es so weit sein. In Almina tobte es. Sie hätte das Bewusstsein verlieren, den Kopf an einem

Stein aufschlagen, sie hätte wirklich ins Wasser stürzen und ertrinken können, alles warf sie ihm vor. „Und wenn ich jetzt eine Blutvergiftung bekomme, sterb ich daran", schluchzte sie. „Sie nehmen dir das Ohr ab." Ulf wurde zynisch. „Hauptsache dein blöder Fisch, was mit mir ist, ist dir egal. Du hast ja nicht mal hergesehen zu mir! Ich kann verbluten, Hauptsache du hast den Fisch."

Im Krankenhaus hatten sie kurz den Hergang erfragt, die Wunde rasch gesäubert, ein bisschen desinfiziert, und mit ein paar Klebestreifen war sie im Handumdrehen verschlossen. Sie hatten sich nicht einmal die Mühe gemacht, ihre Belustigung zu verbergen. Die Ärztin hatte ihr den Rücken zugekehrt, war zum Fenster gegangen, hatte sich vorgeneigt, als blickte sie auf den Parkplatz hinunter, doch Almina sah, wie ein tonloses Lachen sie schüttelte.

Nach ein paar Wochen sei alles gut, von der Wunde keine Spur mehr übrig. Es war tröstlich gemeint, Almina indessen spürte die Herzlosigkeit der Worte und fühlte sich verhöhnt, als sei ihre schwere Verletzung eine Nichtigkeit.

Wie konnten sich alle so abscheulich zusammentun und sie in ihrem Schmerz erniedrigen.

Jetzt lag sie auf dem Sofa, wollte nichts hören, nichts sehen, weder essen noch trinken. Hielt sich das schmerzende Ohr, und ihr kam der Gedanke, er habe das vorsätzlich gemacht, ihr absichtlich den Ring aus dem Ohr gerissen. Zuzutrauen wäre es ihm; er hatte bisweilen eigenartige Einfälle. So, als er damals seine Türklinke mit Sekundenkleber eingeschmiert hatte, damit sie nicht nach Hause gehen sollte. Was, wenn ihm der ehemalige Freund doch ein Dorn im Auge wäre? Was, wenn er ihn endgültig aus dem Feld räumen wollte. Mit dem Ohrgehänge verschwände die Erinnerung. Nein, so niederträchtig konnte Ulf wirklich nicht sein, zudem hätte er es einfacher haben können. Aber war ihm nicht doch eine gewisse Arglist zuzutrauen?

Es waren zerstörerische Gedanken, und sie verwarf sie rasch. Nein, sein Humor war gelegentlich bizarr, aber so widerwärtig war Ulf nicht.

„Ein Hecht", hatte er gerufen.

Ein Hecht, sein erster Hecht, zwar nicht besonders groß, aber immerhin, der erste. Dabei gab es doch in diesem See keine Hechte, hieß es. Er hatte ihn ausgenommen, schön angerichtet und ein wenig gebogen, so passte er eben noch in den Backofen.

Der Startschuss zum Finale. Mit einem besonders heftigen Knall zog Ulf den Korken aus der Flasche. Er näherte sich Almina mit einem gefüllten Glas, hielt es ihr unter die Nase, halbherzig wollte sie den Kopf beiseite drehen. Ehrliches Bedauern sprach aus seinen werbenden Worten. „Komm, du Liebe, die Sonne scheint noch, nicht mehr lange, und wir wollen sie doch nicht untergehen lassen. Komm, sei gut mit mir." Er gab sich redlich Mühe, fand kosende Worte. Schließlich wurde seine Beharrlichkeit belohnt. Sie klopfte neben sich auf das Sofa, nahm seine Hand, legte sie auf ihren Bauch und den anderen Arm darüber. Himmlisch duftete der Hecht und lockte zum Tisch. Gegen das Licht der Kerzen vervielfachten sich die Reflexe im grünlichen Wein. Chet spielte unermüdlich sein leises Solo. Als er sie am Arm hochzog, sperrte sie sich kaum noch. Wie konnte sie widerstehen, da sie doch für ihr Leben gern aß? Er führte sie zum Platz, zum weißen Hemd trug er die rote Fliege.

„Und das?" Sie deutete auf die silberne Schnupftabakdose neben ihrem Teller. „Nichts weiter, aber bitte, sieh nach!".

Er wusste, was kommen würde und hielt sich die Ohren zu, dadurch hörte er den Schrei weniger laut. Ihre Augen hatten viel geweint, jetzt waren sie trocken, aber einige Freudentränen gaben sie noch her. „Der Ring war im Mund von dem Fisch. Ich hab dir ja gesagt, der Hecht macht Jagd auf alles, was sich bewegt, aber du hast es nicht hören wollen."

Plötzlich sprang sie wieder auf. Ulf war schon im Begriff, ihr die Tür zu verstellen. Nein, sie griff nach der Gitarre, und während sie ihm ernst in die Augen blickte, spielte sie eine schlichte Melodie. Ihre wundervolle Stimme war vom Weinen mitgenommen, der leicht brüchige Klang minderte ihren Reiz nicht.

„Das war ja vielleicht schön. Was ist das?"
„Le chant de l'amour blessé." „Ja, und was heißt das?" „Das Lied von einer verletzten Liebe."

Er liebte sie. Nicht immer war er sich dessen sicher. Doch, doch, bestimmt, ganz bestimmt, er liebte sie, gerade jetzt ganz besonders, diesmal war er sich sicher. Später würde er vielleicht auf die Suche nach dem Seestern gehen, er würde ihn finden, zum zweiten Mal an diesem Tag wäre ihm Anglerglück beschieden, dann würde er hineinbeißen, ganz zärtlich, und vielleicht würde er ihn mit Lippenstift anmalen. Vielleicht schriebe er auch „Petri Dank" daneben. Aber zum Angeln würde er sie nicht mehr mitnehmen, das war klar. Sie war einfach zu unruhig. Die Fische mochten das nicht und verweigerten den Biss.

Ralph Jacob, geboren 1949

Lebt und arbeitet im Westerwald

Großvater
Vater
Ehemann
Liebhaber

Daneben:

Arzt und Psychotherapeut
Biologe
Physiker
Wanderer
Gitarrist
Maler
Weintrinker
Cordjacken Träger